La gouvernante française

HENRI TROYAT

Henri Troyat

de l'Académie française

La gouvernante française

Éditions J'ai lu

À Guite

Pour la toilette du soir, je les oblige à se laver les mains, les dents, le bout du nez et les oreilles. Le reste peut attendre. D'ailleurs, par ces temps de pénurie, il faut économiser le savon. Georges, dix ans, fait ses ablutions avec impétuosité en m'éclaboussant et en riant quand je le gronde. Anatole, sept ans, est paresseux, dolent, docile. Il est mon préféré parce qu'il a un regard rêveur. Il déteste l'eau froide. Nous n'en faisons plus chauffer que pour le bain de Madame. Toute la maison est désorganisée. A l'image du pays. Il paraît que c'est provisoire. On verra bien. Moi, je continue à assurer mon travail comme si de rien n'était. Quand les deux garçons se sont séchés et ont enfilé leur chemise de nuit, je les conduis dans leur chambre. Ils couchent dans des lits jumeaux, entourés de leurs jouets. Dans un angle de la pièce, une veilleuse en verre rouge éclaire faiblement les dorures d'une icône. La prière, à genoux, est vite expédiée. A force de l'avoir entendue, je finis par la savoir par cœur. Je la récite même en russe avec eux. Pendant que je borde Anatole dans ses couvertures, Pulchérie, la nounou, la *niania* comme ils disent ici, surgit dans l'encadrement de la porte et prétend m'aider. Elle ne veut pas comprendre que les enfants ne dépendent plus d'elle. Elle s'est occupée d'eux depuis le berceau jusqu'à mon arrivée. Maintenant son rôle est terminé. Elle doit me céder la place. Madame le lui a encore expliqué avant-hier. Mais Pulchérie est une créature de la campagne. Dévouée jusqu'à l'oubli d'elle-même et sotte comme une oie. J'ignore son âge. Vieille en tout cas. Cinquante-cinq ans, soixante ans. Elle est à la fois ronde et ratatinée. Une figure de pomme blette et des mains déformées, rudes comme des outils. Sa tête est pleine de superstitions, de prémonitions, de dictons populaires et de légendes. Quand elle parle aux enfants, c'est la Russie des profondeurs ancestrales qui murmure. Tout en l'aimant bien, je ne puis supporter le partage d'autorité entre elle et moi. J'ai été engagée non seulement pour apprendre le français aux enfants, mais aussi pour les éduquer et former leur caractère.

Après m'avoir adressé un sourire obséquieux, Pulchérie s'assied au chevet d'Anatole et s'apprête à lui raconter quelque histoire tissée de mystère et de charme pour l'endormir. C'est chaque soir la même comédie. Dès les premiers mots, je lui dis *niet*, avec un regard comminatoire. J'ai appris pas mal de russe en trois ans. Cela me sert surtout dans mes rapports avec les domestiques. Pulchérie me fait un œil de poule effarouchée, soupire et s'en va. Je suis sûre que, sous des dehors humbles, elle me déteste. Pour elle, je suis l'étrangère, l'intruse. Je lui vole sa progéniture. Anatole, privé de son histoire, pleurniche. Je pourrais lui en raconter une, moi aussi. En français. Mais je m'y refuse. Il est d'un naturel trop tendre. Son père m'a recommandé de l'aguerrir. Je le fais parfois contre mon cœur. Georges, lui, est un violent, un révolté. J'aurai du fil à retordre avec lui lorsqu'il atteindra ses quatorze ans. Mais serai-je encore, à ce moment-là, dans l'aimable famille Borissov ? L'avenir est si angoissant !

J'éteins la lampe et passe dans ma chambre qui est contiguë à celle des enfants. A leur demande, je laisse la porte de communication entrouverte. Je les entends respirer, se retourner à la recherche du sommeil. Leur présence m'est douce. En vérité, ils m'appartiennent davantage qu'à leurs parents, trop lointains, trop occupés. Je n'aurais pas cru, lorsque je suis entrée, voici deux ans, au service des Borissov, que je serais à ce point absorbée par la famille. Je suis très bien payée. J'envoie les trois quarts de mon salaire à ma mère. Depuis la mort de mon père, il y a cinq ans, elle vit seule, à Paris. Nous nous écrivons souvent. Elle me parle de la guerre atroce qui ensanglante le pays. Que de morts du côté français et du côté russe ! La pensée de la solitude de ma mère m'obsède. J'ai une telle tendresse pour elle ! Mais ma vie est ailleurs. Les événements se sont enchaînés pour moi avec une rapidité magique. Un jour, me trouvant chez le coiffeur, j'ai lié conversation avec une jeune cliente qui venait d'obtenir une situation de gouvernante, en Russie, par l'intermédiaire d'une agence de placement parisienne. J'ai pris l'adresse de l'agence. Je m'y suis présentée. A cette époque-là, j'étais vendeuse aux Galeries Lafayette, rayon couture, et mon travail ne me plaisait guère. Les conditions qu'on me proposait, si je consentais à me rendre en Russie, seraient infiniment plus avantageuses. J'avais vingt-quatre ans. J'étais libre. J'avais suivi quelques cours, à Paris, dans une école privée pour être institutrice. Puis j'avais abandonné cette voie. N'était-ce pas une excellente occasion d'y revenir ? Tout le monde, autour de moi, célébrait la Russie comme un pays d'abondance et de mystère. Je n'hésitai pas. Même les larmes de ma mère ne purent me fléchir. En octobre 1913, je partis pour Saint-Pétersbourg. Mes deux premières places me déçurent : je n'y demeurai que quelques mois. En mai 1914 enfin, je fus engagée par les Borissov. Et l'enchantement fut si vif qu'à la déclaration de la guerre, malgré les prières de ma mère, je décidai de ne pas retourner en France. Bientôt, d'ailleurs, elle me donna raison. L'avance foudroyante des Allemands vers Paris l'inquiétait. « Tu es plus en sécurité au fin fond de la Russie que chez nous », m'écrivait-elle. Ce n'est plus exact aujourd'hui. Mais, malgré un avenir qui s'annonce menaçant, je ne regrette pas d'être restée à Petrograd (c'est le nouveau nom, russifié, de Saint-Pétersbourg). Alexandre Sergueïevitch Borissov, qui rencontre beaucoup de gens importants dans la journée, affirme que la situation finira par s'arranger. C'est un bel homme de quarante ans, à la moustache blonde, à l'œil vert malicieux et au geste souple. Par principe, il prend tout à la légère et cela donne du piment à l'existence quotidienne. Il est à la tête d'une grosse affaire d'importation de machines industrielles et agricoles. Ses principaux fournisseurs sont les Etats-Unis et l'Angleterre. La guerre n'a pas ralenti son activité. Au contraire. Sa femme, Olga Lvovna, est, elle, d'un tempérament inquiet, instable, irascible. Un rien la désarçonne. Elle serait incapable de s'occuper seule des enfants. Elle a toute confiance en moi. Je la trouve séduisante et énigmatique. Brune, le geste lent, le regard apeuré, elle me fait penser à une biche qui flaire le vent, toujours prête à s'enfuir. Son mari est plein d'égards pour elle. Mais c'est un personnage si versatile que je ne serais pas surprise qu'il eût des aventures. Cela ne me regarde pas. Mon univers à moi, c'est la chambre d'enfants, au fond de l'immense appartement des Borissov. En me tenant scrupuleusement à ma place, je suis sûre de conserver l'estime de Monsieur et l'affection de Madame. Ils parlent tous deux le français avec aisance. Comme tous les Russes de la haute société. Leur accent m'amuse. Les garçons, eux, n'en ont pas. A les entendre, on les prendrait pour de vrais petits Parisiens. Je leur fais lire des livres de la Bibliothèque rose. L'aîné, Georges, préfère les romans de Mayne Reid dans la traduction française. Les histoires d'Indiens le passionnent. Pourtant ce qui se passe en Russie est plus extravagant que toutes les élucubrations du romancier américain. Depuis l'assassinat de Raspoutine, en décembre 1916, le pays est sens dessus dessous. La plupart des gens, comme les Borissov, se félicitent de la disparition de cet ignoble débauché qui régnait sur la famille impériale et dictait les décisions du tsar pour le choix des ministres et la conduite de la guerre. Mais il semble que ce dernier coup ait encore ébranlé le prestige de Nicolas II dans la bourgeoisie et dans le peuple. Tout le monde le critique pour sa faiblesse, son incompétence et son entêtement. Les nouvelles du front sont désastreuses. Les soldats russes ne veulent plus se battre. On note de nombreux cas de désertion. Et les Alliés auraient tellement besoin d'une Russie forte et déterminée pour les aider à écraser l'Allemagne! La victoire de Verdun a saigné la France à blanc. Pourra-t-elle tenir longtemps encore? Je tremble pour mes compatriotes. Il faut, à tout prix, que la Russie se ressaisisse. Alexandre Sergueïevitch croit que, devant la vague de mécontentement, l'empereur finira par démissionner. Mais qui gouvernera alors? Cette année 1917, qui vient de commencer, ne me dit rien qui vaille. Il fait très froid. A Petrograd, les gens grelottent dans les files d'attente, devant les magasins d'alimentation. On signale même des vitrines brisées et des pillages dans les quartiers populaires. Hier, j'ai ramassé dans la rue un tract portant ces mots : « A bas le tsar-famine! » Je l'ai montré à Alexandre Sergueïevitch. Il s'est frotté les mains et m'a dit : « Tout cela est parfait, Mademoiselle. Il faut au plus vite que Nicolas II cède la place. Dès qu'il l'aura compris, le calme reviendra dans le peuple. C'est une question de jours! » Et il affirme que, depuis longtemps, il est partisan d'un gouvernement provisoire, issu de la Douma, avec à sa tête quelque personnage ferme et honnête. Je l'approuve. Il suffit qu'il ouvre la bouche pour me convaincre. Sa voix chaude, caressante y est pour beaucoup. J'aime aussi ses mains qui sont longues et très soignées. Une manucure vient régulièrement à la maison pour lui et pour Olga Lvovna. Un pédicure également. Les temps rudes que nous vivons n'ont rien changé aux habitudes du couple. Alexandre Sergueïevitch me fait un compliment sur ma toilette. Pourtant je suis habillée bien modestement. Une robe bleu nuit à collerette et à manchettes blanches, serrée à mi-corps par une large ceinture de cuir verni. C'est ma tenue habituelle. Avant de me dévêtir pour me mettre au lit, je me contemple dans la glace de mon armoire en pitchpin. Une inspection sans complaisance. Mon visage serait banal sans mes yeux qui sont grands et pâles, d'un gris lumineux. Je suis assez fière de ma taille, très fine et très souple. Une brunette élancée, au regard sage. J'ai eu deux fois l'occasion de me marier avant mon départ pour la Russie. J'ai même échangé des baisers avec mes soi-disant fiancés. Mais aucun ne me séduisait au point de me faire perdre la tête. Au moment de m'engager, je découvrais à chacun d'eux quelque imperfection rédhibitoire. Sans doute ai-je une trop haute opinion de l'harmonie dans un couple pour accepter l'à-peu-près conjugal. Ma mère se désolait de me voir si difficile. Elle me disait : « Si tu hésites encore, tu vas coiffer Sainte-Catherine ! » Moi, j'étais sereine. Je le suis de plus en plus. Il ne me déplairait pas de rester vieille fille. Je préfère ma solitude à la lourde présence dans mon intimité d'un homme que je n'estimerais pas jusque dans ses défauts. Les enfants des autres me suffisent. Mon bonheur n'est pas celui dont on parle dans les romans. J'ai les pieds sur terre et le regard lucide. Dans ce pays étranger, dans cette maison où rien ne m'appartient, je me sens bizarrement riche, libre et utile. S'il n'y avait pas cette guerre horrible dont les journaux sont pleins et cette politique absurde qui empoisonne les conversations, je coulerais des jours paisibles et clairs loin de ma patrie.

Depuis hier, Olga Lvovna est très nerveuse. Le précepteur russe des garçons, Constantin Ivanovitch Markov, nous a fait savoir qu'il ne pouvait plus continuer à s'occuper d'eux, parce qu'il doit quitter Petrograd pour Kiev où réside sa famille. Il venait tous les jours, le matin, et enseignait à Georges la grammaire, l'arithmétique, l'histoire, la géographie... Le petit Anatole profitait, lui aussi, de ses leçons. Cet homme digne et modeste savait intéresser ses élèves. Par qui le remplacer ? Nous en parlons au salon avec Olga Lvovna et Alexandre Sergueïevitch, en l'absence des enfants qui, après le déjeuner, font la sieste. Par ces temps troubles, Olga Lvovna refuse d'introduire dans la maison quelqu'un qu'elle ne connaîtrait pas de longue date. Même les recommandations des amis ne lui suffisent pas. Elle se pétrit les mains et jette autour d'elle des regards de victime. Alors, Alexandre Sergueïevitch a une idée.

— Si nous demandions à Maxime? dit-il.

Maxime Fedorovitch Koudriavtsev est un de leurs neveux, âgé de vingt-cinq ans, qui écrit dans un journal confidentiel, gagne misérablement sa vie et vient, de temps à autre, déjeuner à la maison. Falot, timide, besogneux, pauvrement vêtu, il m'inspire de la pitié et un certain malaise. On se moque de lui, chez les Borissov, derrière son dos. Mais on le ménage aussi. C'est un souffre-douleur commode.

— Tu n'y penses pas! s'écrie Olga Lvovna. Il n'aura jamais l'autorité nécessaire!

— Moi, je crois que si, dit Alexandre Sergueïevitch. Les enfants l'aiment beaucoup. Il est passé par l'Université. Ses connaissances sont tout à fait suffisantes. Et puis il est de la famille. Avec lui, au moins, tu seras tranquille!

Olga Lvovna me demande mon avis. Je suis flattée de cette marque de confiance. Consultée sur le choix d'un précepteur, je monte en grade. Sans hésiter, j'approuve la proposition d'Alexandre Sergueïevitch. Il me sourit en signe de connivence. Olga Lvovna pousse un soupir de résignation.

— Justement, Maxime vient déjeuner demain, dit Alexandre Sergueïevitch. Nous lui parlerons.

Ayant réglé cette affaire délicate, il part

pour le bureau. Je reste seule dans le salon avec Olga Lvovna qui se remet à sa tapisserie. Nous bavardons paresseusement du caractère des enfants, de la guerre qui s'éternise, des grèves qui se multiplient... Tout est pour Olga Lvovna sujet à interrogation et à crainte. Elle a fait un mauvais rêve, la nuit précédente, et me le raconte avec force détails. Un ours blanc la poursuivait dans les rues de Petrograd. Et cet ours blanc avait le visage du portier Vassili. Du sang perlait dans sa barbe. Il criait : « Je te trancherai la gorge ! » En répétant ces mots, Olga Lvovna a un frisson et ferme les yeux. Je lui dis qu'il ne faut pas s'inquiéter de ces billevesées. Mais elle y voit un signe. Elle envisage même d'en parler à la *niania*, Pulchérie, qui sait interpréter les songes. Puis elle me demande de lui faire la lecture. J'ai pu me procurer *Le Disciple*, de Paul Bourget. Au bout de quelques pages, elle m'arrête. Cette histoire philosophico-sentimentale l'ennuie. Elle a la migraine. Je la raccompagne dans sa chambre et vais réveiller les enfants. Ils n'ont pas dormi et sont déjà prêts pour la promenade. Elle sera courte, car il fait froid et la nuit tombe vite. Je les habille chaudement : pelisse, bonnet à oreilles, bottes de feutre, et enfile moi-même un élégant manteau de drap bleu, tirant sur le mauve, doublé de fourrure, avec de gros boutons en galalithe sur le devant. Je l'ai payé très cher et il me va bien. Avec ma toque de loutre et mon manchon, j'ai l'air d'une grande dame russe. Olga Lvovna et Alexandre Sergueïevitch m'ont complimentée sur mon acquisition. Les enfants me tirent par la main. Nous nous rendons au jardin Michel. Les pelouses sont blanches. Une chape farineuse recouvre le relief des statues. Les arbres dressent des ramures givrées sur un ciel gris perle. Pas question de s'asseoir sur un banc. Georges et Anatole courent devant moi, piaillent de joie et se jettent des boules de neige. Comme d'habitude, je rencontre dans l'allée centrale Paulette Colin et Germaine Trouvère, qui sont toutes deux gouvernantes dans des familles russes. L'une et l'autre sont plus âgées que moi. Trente-cinq ans et quarante-deux ans. La première est originaire d'Orléans. La seconde vient de Bordeaux. Elles portent des manteaux de lapin et de grands chapeaux à fleurs, ridicules en cette saison. Les enfants dont elles s'occupent ont à peu près l'âge des miens. Deux filles pour Paulette, une fille et deux garçons pour Germaine. Pendant que les petits s'amusent entre eux, nous marchons en brochette, à pas menus, les mains dans le manchon de fourrure et le bout du nez gelé. La vapeur nous sort de la bouche. Paulette et Germaine sont moins bien loties que moi. Leurs patrons n'ont pas pour elles la considération dont je jouis chez les Borissov. Et, en tant qu'étrangères, elles sont en butte à l'animosité des domestiques. Elles rêvent d'une autre place. Je les dissuade d'en changer à cette époque de désordre. Alors, en se coupant la parole, elles me rapportent les avanies dont on les accable :

— Madame me mesure le sucre, pour mon café au lait du matin ! dit Paulette, qui est grassouillette, avec un double menton et des yeux noirs globuleux.

— Monsieur ne cesse de me reprocher la mauvaise tenue des enfants à table, gémit la haute et maigre Germaine. Il me rend responsable de tout. Un bouton qui manque à la veste de son fils, un ruban mal repassé de sa fille... J'ai beau lui dire que je ne suis pas femme de chambre, il s'obstine à me traiter comme telle. Au fond, il ne me pardonne pas d'être française !

— C'est comme moi, renchérit Paulette. L'autre jour, Madame entre dans la chambre d'enfants, fronce les narines et dit : « Qu'est-ce que ça sent ici ? » Je lui réponds : « Peut-être le renfermé, Madame. Mais, si j'ouvre le vasistas, vos filles vont s'enrhumer. » Et la voilà qui s'écrie...

J'entends à peine la suite. Ces ragots d'office me déçoivent. Tout à coup, ils me rappellent la tristesse de notre condition de gouvernantes. Ils me ravalent au rang d'employée, moi qui me sentais libre de mon destin. Je coupe court aux lamentations de mes compagnes pour évoquer les dernières nouvelles du front français. Mais elles changent vite de conversation. Visiblement les batailles domestiques les préoccupent plus que les autres. Qu'ai-je de commun avec ces deux femmes ? Je songe avec mélancolie aux amies que j'ai laissées à Paris : Odette, Suzon, Catherine... Je leur ai écrit. Elles ne m'ont pas répondu. La guerre, les soucis... Peut-être se sont-elles mariées ? Peut-être ont-elles des enfants ? Je n'existe plus pour elles. Georges et Anatole reviennent, tout essoufflés, dans mes jupes. Ils ont les joues rouges, les yeux brillants. Je glisse un doigt entre le col de leur petite pelisse et leur cou nu. Une chaleur animale me pénètre. J'ai l'impression d'avoir promené deux jeunes chiens. Le ciel s'assombrit. Il est temps de rentrer. J'embrasse Paulette et Germaine en leur recommandant la patience, prends les enfants par la main et m'éloigne avec un sentiment de délivrance et de supériorité.

La fin de la journée s'écoule dans la douceur des habitudes familiales. Nous ne prévenons pas les enfants du nouveau précepteur que nous leur destinons. Maxime Koudriavtsev a un comportement si étrange ! Il est capable de refuser. J'attends l'entrevue de demain avec impatience. Pendant le dîner, servi par Igor avec une dextérité et une dignité exemplaires, Alexandre Sergueïevitch nous fait part des derniers bruits qui courent la ville. D'importants changements ministériels seraient en vue. Le tsar lui-même, qui se trouve toujours au grand quartier général, la Stavka, n'y serait pas hostile. Rodzianko, le président de la Douma, aurait un plan secret pour redresser la situation. Comme toujours, Alexandre Serguéïevitch est optimiste. En l'écoutant, je pourrais presque croire que le mécontentement du peuple, l'impuissance des politiciens, les tergiversations du tsar et les défaites sur le front sont autant de gages d'un renouveau glorieux. Oui, dans cette salle à manger cossue, aux lourds meubles de palissandre, aux rideaux de damas vert bouteille, aux domestiques empressés et aux enfants sages, assis en bout de table, il est difficile de croire au malheur. Tout, ici, est solide, riche, sain, permanent.

Après le dîner, je couche Georges et Anatole et, réfugiée dans ma chambre, j'écris à ma mère. Mais recevra-t-elle ma lettre ? L'acheminement du courrier est, dit-on, très aléatoire. Comme la France est loin ! J'inspecte mon univers : un lit étroit, une armoire, une table de toilette, un petit bureau, une chaise et, aux murs, des lithographies représentant des scènes de la vie populaire russe. Derrière les doubles fenêtres, stagne la nuit d'hiver. Le temps s'est radouci. Il neige. Dans le fond du grand appartement aux pièces solennelles, retentit une musique légère, assourdie, dont les notes cascadent jusqu'à moi. Madame joue du piano. Une polonaise de Chopin. Mon cœur se serre dans la solitude. Puis je vais à la porte, je regarde les enfants qui dorment et je reprends courage.

Penché, le dos rond, sur la nourriture, Maxime Fedorovitch Koudriavtsev engloutit. Avec les restrictions alimentaires qui pèsent sur la ville, il ne doit pas avoir souvent l'occasion de manger à sa faim. Chaque déjeuner chez les Borissov est pour lui une aubaine. Je l'observe avec plus d'attention depuis que je connais le projet de Monsieur et Madame à son égard. Ils ne lui en ont pas encore parlé. Sans doute le feront-ils en sortant de table. Igor change les assiettes. Maxime Fedorovitch se redresse sur sa chaise. Petit, maigre, efflanqué, l'œil noir et ardent, le nez en lame de couteau, le cheveu plat, il me fait, je ne sais pourquoi, penser à Bonaparte. Mais un Bonaparte timide, embarrassé, un peu ridicule. Le dessert arrive : du *kissel*. Autrement dit, une gelée de fruits additionnée de fécule. Cette friandise populaire est, par les temps qui courent, considérée comme un régal. Mes deux garçons en raffolent. Ils battent des mains. Je les rappelle à l'ordre. Les enfants ne doivent ni parler ni s'agiter à table. Maxime Fedorovitch leur lance un regard complice. Je le devine généreux, puéril, brûlé par un feu intérieur et totalement désarmé dans l'existence. Ses parents habitent Odessa. Il vit seul à Petrograd, dans un logement modeste, du côté du canal Obvodny. Tout en mangeant son *kissel* de grand appétit, il discute politique avec Alexandre Sergueïevitch. Ils se tutoient. La conversation se fait en français. Peut-être par snobisme, peut-être par égard pour moi. Je préfère cette seconde hypothèse. En tout cas, je n'interviens pas : ce serait déplacé. Mais j'écoute avec passion. Il est de plus en plus question de graves troubles qui se préparent. Des boulangeries ont été dévalisées, hier. La circulation des tramways s'est trouvée interrompue, ce matin, pendant des heures. Maxime Fedorovitch, d'habitude si réservé, accuse la tsarine et son protégé, le ministre de l'Intérieur Protopopov, de s'opposer à toute mesure libérale. Il dit que Nicolas II est entièrement soumis aux volontés de sa femme, une Allemande et une hystérique. Selon lui, la chaudière va éclater si l'on n'ouvre pas immédiatement une soupape. Alexandre Sergueïevitch semble du même avis, mais il se refuse à dramatiser. Pour lui, la Douma aura le dernier mot. Olga Lvovna hoche la tête, à demi convaincue, et s'essuie les yeux avec le coin de son mouchoir.

— Dieu nous préserve du mécontentement des masses ! dit-elle. Quand le moujik ne sent plus une poigne solide sur sa nuque, il devient fou !

Maxime Fedorovitch reprend du *kissel*. Sa gourmandise fait sourire à la ronde. A la fin du repas, selon l'étrange coutume russe, tout le monde, même les enfants, défile devant la maîtresse de maison et la remercie pour le déjeuner. Comme je m'apprête à me retirer, elle me dit de revenir au salon après avoir couché les garçons pour la sieste.

A mon retour, je découvre Olga Lvovna assise dans un fauteuil et Maxime Fedorovitch qui, courbé en deux, lui couvre les mains de baisers. Je comprends aussitôt que la proposition lui a été faite et qu'il l'a acceptée avec gratitude. En me voyant entrer, il relève la tête et s'écrie gaiement :

— Nous allons travailler ensemble, mademoiselle Arnaud, pour le bonheur de ces enfants ! Vous leur apprendrez à aimer votre pays, moi à aimer le leur !

Je suis si émue que je ne sais que répondre. Alexandre Sergueïevitch bouffonne :

— Maxime, tu es un lyrique ! Tu enfles tous les sentiments en soufflant dedans comme dans des ballons de baudruche !

Et il entraîne Maxime Fedorovitch dans son bureau, sans doute pour lui parler des conditions. Je reste avec Olga Lvovna, toujours soupirante.

— Qu'en pensez-vous ? demande-t-elle.

— C'est une très bonne solution, dis-je.

— J'espère qu'il saura se faire respecter des enfants et qu'il ne cherchera pas à leur en apprendre trop tout de suite. Il n'a aucune mesure. C'est un exalté, un fou. Et puis il est très à gauche...

— Il m'a paru plutôt raisonnable dans sa discussion avec Alexandre Sergueïevitch...

— Chez nous, il se surveille. Mais il fréquente des journalistes proches des milieux socialistes. Je crois qu'il souhaiterait un gouvernement démocratique en Russie. Il est vrai que la plupart des gens en sont là. Même certains grands-ducs... Je plains le tsar...

A ces mots, Alexandre Sergueïevitch et Maxime Fedorovitch rentrent dans le salon. Ils se sont mis d'accord et ont allumé des cigares. Maxime Fedorovitch rayonne, tout endimanché dans sa nouvelle chance.

— Il commencera demain, annonce Alexandre Sergueïevitch, en appliquant une tape sur l'épaule de son neveu.

La leçon a lieu dans la chambre d'enfants. Tapie dans mon coin, tout à côté, j'essaie de lire. Mais mon attention est distraite par les bruits de voix qui me parviennent à travers la porte. Comme l'enseignement se fait en russe, je ne comprends pas tout. A un moment, il me semble que Georges récite des vers en ânonnant. Sans doute quelque fable pour les petits. A plusieurs reprises, Maxime Fedorovitch le reprend avec gentillesse. C'est le troisième jour qu'il vient à la maison en tant que précepteur. Les enfants l'ont adopté d'emblée avec enthousiasme. Il les amuse et les intéresse. Son prédécesseur, Markov, était d'un abord plus sec. Avec lui, Georges apprenait des dates historiques, des noms de villes et de fleuves, des règles de calcul, mais pas de poésies. Je ferme mon livre et prête l'oreille. Maintenant, c'est Maxime Fedorovitch qui récite une autre fable, en y mettant l'intonation. Il s'agit d'un âne qui juge sévèrement le chant d'un rossignol et conseille à celui-ci de prendre exemple plutôt sur le coq de la basse-cour, dont la voix claironnante secoue toute la maisonnée. Les enfants rient de bon cœur. Je souris moi-même, bien que le sens de certains mots m'échappe. Quand la leçon est finie, je frappe à la porte, entre et demande aux deux garçons s'ils ont été sages. Ils jubilent comme s'ils venaient de participer à un jeu. J'en fais le compliment à Maxime Fedorovitch. Il se trouble et balbutie :

— Vous savez, je n'ai aucune compétence pédagogique... J'agis selon mon instinct...

— Je vous entendais, malgré moi, à travers la porte. La fable que vous avez récitée est de qui ?

— De Krylov, notre La Fontaine russe. Je crois qu'il faut initier très tôt les enfants à la littérature. Plus on sait de vers par cœur, plus on est heureux dans la vie. C'est une musique qui vous accompagne dans la solitude, une consolation de tous les instants...

— Je suis comme vous, dis-je. J'ai une véritable passion pour la poésie.

— Quels sont vos poètes préférés, en français ?

— Victor Hugo, Baudelaire... Et aussi Verlaine...

— Vous avez raison. Et en russe ?

— Là, j'avoue mon ignorance.

— Vous n'avez pas lu Pouchkine ?

— Quelques récits en prose, c'est tout. Et encore, dans une traduction française.

— Il faut lire ses vers.

— Je ne parle pas assez bien votre langue...

— Si... si... Vous verrez... Le style de Pouchkine est tout simple... Du cristal... Je vous aiderai à le comprendre... Nous lirons ensemble... La prochaine fois, je viendrai avec mon *Eugène Onéguine* sous le bras !

Je n'ose lui dire qu'il y a toute l'œuvre de Pouchkine dans la bibliothèque d'Alexandre

Sergueïevitch. Il a l'air si heureux de m'apporter son livre personnel ! Les enfants se sont détournés de nous. Anatole joue avec ses cubes de couleurs, Georges avec son chemin de fer mécanique. Notre conversation passe au-dessus de leurs têtes. Nous nous tenons debout, face à face, les bras ballants, empruntés et radieux. Sans savoir pourquoi, j'interroge Maxime Fedorovitch sur son travail au journal *L'Aube du Nord*. Il dit que ce sont là des « besognes alimentaires », des articles de circonstance sur les menus événements de la ville. Son rêve est d'écrire un roman, un grand roman, où il se jetterait tout entier, avec ses souvenirs, ses croyances, ses colères, son espoir dans l'avenir de l'humanité.

— Mais je suis trop paresseux, ajoute-t-il. Je n'aurai jamais la patience nécessaire... Ni le talent sans doute...

— Avez-vous déjà essayé ?

— Non. Ce qui se passe dans le monde est trop horrible pour que je puisse penser à autre chose. Je vis de communiqué en communiqué. La guerre... la guerre ensanglante votre pays et le mien... La pauvre France est à bout... Vous devez tellement souffrir pour elle !... Je vous plains comme si j'étais votre compatriote !... Quant à la Russie, elle n'est plus qu'un chaos où l'homme sensé ne discerne rien... Seule une révolution peut nous sauver. Après, peut-être, quand le calme sera revenu, je songerai sérieusement à écrire... Mais maintenant ce serait... ce serait bête et honteux... Vraiment, non... Ma tête et mon cœur s'y refusent...

— Vous avez parlé de révolution : vous croyez qu'elle aura lieu ?

— Je l'espère. Mais ce sera une révolution pacifique. La conquête des libertés par la persuasion, par la raison...

Il marche de long en large dans la chambre en gesticulant :

— Le peuple russe est un peuple merveilleux, plein de générosité, de force et de courage. Il faut lui faire confiance. Une fois de plus, il étonnera le monde...

Puis, tout à coup, il s'arrête et demande :

— Savez-vous pourquoi je n'ai pas été mobilisé ?

— Non.

— Parce que j'ai une jambe plus courte que l'autre. La jambe gauche. Je porte une chaussure orthopédique. Vous ne vous en étiez pas aperçue ?

Il grimace de rage. J'ai envie de pleurer. Je murmure :

— Cela ne se voit pas du tout !

— Et mon oncle ne vous l'a pas dit ?

— Non.

— C'est singulier. Il aime tellement se moquer de moi ! Donc, vous n'avez même pas remarqué que je boitais ?

— Si. Un peu.

— Ah! j'en étais sûr! En tout cas, cette infirmité m'a évité d'être un héros. J'ai échappé à la boucherie. Et j'en ai honte!

Les enfants se sont arrêtés de jouer et nous regardent. Soudain, le visage de Maxime Fedorovitch se déride. On dirait qu'il émerge d'un cauchemar.

— Que cette conversation reste entre nous, mademoiselle Arnaud! dit-il. Mais, au fait, quel est votre prénom?

— Geneviève.

— C'est très joli!

Je baisse la tête pour qu'il ne me voie pas rougir.

Un pas se rapproche dans le corridor. Olga Lvovna entre dans la chambre, portée par un froufrou de taffetas.

— La leçon s'est bien passée? demande-t-elle.

— On ne peut mieux, Olga, dit Maxime Fedorovitch. Tes enfants sont des anges!

Elle sourit, à la fois maternelle et mondaine :

— Eh bien, nous allons passer à table. Georges, Anatole, allez vite vous préparer! Voulez-vous vous occuper d'eux, Mademoiselle?

Et, s'adressant à son neveu, elle enchaîne d'un ton léger :

— J'espère que tu as faim, Maxime?

Je ne puis supporter cette condescendance ironique.

— Toujours quand je viens chez toi, Olga ! dit-il sans sourciller.

Gênée pour lui, je tourne les talons et emmène les deux garçons dans le cabinet de toilette où ils vont se laver les mains avant le déjeuner.

Il fait moins froid. La neige fond sur les toits et sur les appuis des fenêtres. Ce n'est pas encore le franc dégel, mais il semble que, peu à peu, l'hiver recule. Tous ces jours-ci, les grèves se sont multipliées. Les ouvriers désertent les usines et se répandent dans les rues en réclamant du pain et la fin de la guerre. Des femmes, en grand nombre, se joignent aux manifestants. Ce sont, pour la plupart, des ménagères excédées par les restrictions. Çà et là des orateurs, appartenant sans doute au parti bolchevique, exhortent le peuple à la rébellion. Hier, en rentrant du jardin Michel avec les enfants, je me suis heurtée à une foule énorme. Les tramways étaient enlisés dans la masse. Des cavaliers cosaques galopaient de droite et de gauche, le fusil en bandoulière et la pique au poing. Au-dessus de la cohue, tremblaient les aigrettes noires des agents à cheval. Les grévistes défilaient en bon ordre, encadrés par la police. Sur leur passage, la multitude des spectateurs criait des encouragements et des hourras. J'ai entendu, autour de moi, parmi les badauds, des propos étranges : « Ils ont raison !... Les profiteurs cachent la farine !... Ça ne peut pas continuer comme ça !... Le tsar doit faire quelque chose !... La seule chose qu'il doive faire, c'est s'en aller !... A bas l'autocratie !... » Je me suis dépêchée de regagner la maison, traînant par la main Georges et Anatole qui voulaient rester pour voir « si les cosaques allaient tirer ».

Olga Lvovna nous a accueillis avec des exclamations de joie et de douleur, comme si nous venions d'échapper à un massacre. Elle bégayait : « Dieu soit loué ! Mais quelle imprudence ! » et dévorait ses deux fils de baisers. Puis, recouvrant son calme, elle m'a demandé de renoncer aux promenades avec les enfants jusqu'à nouvel ordre. Je crois que c'est la sagesse. Je sortirai donc toute seule. Plutôt hardie de tempérament, je ne veux pas rester cloîtrée, alors que, peut-être, des événements historiques se préparent. Maxime, qui vient régulièrement pour les leçons, m'encourage d'ailleurs à prendre l'air de la rue. Il affirme que je ne risque rien parce que les ouvriers sont animés de sentiments pacifiques et que l'armée, déjà gagnée à la cause du peuple, n'interviendra pas. En tout cas, il n'a pas oublié sa promesse. Après s'être occupé des enfants, il me lit des vers de Pouchkine en russe. Sa voix est profonde, veloutée. Je ferme les yeux pour mieux l'entendre. Une musique insidieuse me pénètre. Cette langue est à la fois rude et douce. Elle ne ressemble à aucune autre. Je crois bien que je suis amoureuse de ce pays tout de contraste, à la fois inculte et raffiné, pieux et barbare, brutal et tendre, capable des pires désordres et de la plus aveugle obéissance. Quand Maxime a fini de lire, je lui dis mon admiration. Il me remercie, tout ému, comme si le poème était de lui. Et il veut, absolument, me faire cadeau du livre. Je commence par refuser, puis j'accepte, le cœur en fête.

Pendant le déjeuner, il est, bien entendu, question des grèves, des émeutes, de l'impuissance de la Douma qui bavarde alors que la tempête bat ses murs. Alexandre Sergueïevitch continue à mettre tout son espoir dans la pondération et dans l'expérience politique de Rodzianko. Maxime, lui, fait confiance au peuple. Les bolcheviks, qui sont la minorité, ne l'inquiètent pas. C'est lui que je suis tentée de croire. Il faut, parfois, emboîter le pas aux idéalistes. Ils marchent toujours vers la lumière.

Le soir, nous avons un grand dîner. De proches amis de la famille : les Skvartsov, les

Voïnov, les Mikhaïlov... Je me demande comment notre cuisinier, Stepan, se débrouille pour confectionner des plats abondants et succulents par ces temps de disette. Il est vrai qu'on trouve encore de la nourriture au prix fort dans certaines boutiques de luxe. Les Borissov paient cher leur bien-être relatif au milieu de la misère générale. Je me rends compte de notre situation privilégiée et cela me gêne alors même que j'en profite égoïstement.

Comme toujours lorsque les Borissov reçoivent des invités, Georges et Anatole ne sont pas admis à table. Ils viennent se présenter aux grandes personnes, claquent des talons, baisent la main des dames et se retirent avec moi dans les profondeurs de l'appartement. Nous dînons tous trois dans la chambre d'enfants. Ce n'est pas Igor qui nous sert, puisqu'il officie dans la salle à manger, mais Aniouta, la soubrette de Madame. Elle est jeune, délurée et bavarde. Avec moi, elle se sent de plain-pied. Ne sommes-nous pas toutes deux des employées ? Nous parlons russe et c'est pour moi un excellent exercice. Elle me rapporte les potins de la rue. D'après elle, il y a des gens qui meurent de faim et de froid dans les faubourgs. Une petite mesure de pommes de terre, qui valait vingt-cinq kopecks avant la guerre, se vend aujourd'hui cinq roubles. La viande est hors de prix. Il est impossible de trouver des œufs. Elle me dit cela tandis que nous dégustons devant elle de délicieuses croquettes de volaille, arrosées d'une sauce aux champignons.

— La vie est dure pour le peuple, finit-elle par grommeler. Là-bas (elle a un mouvement de tête en direction de la salle à manger), les messieurs et les dames croient que ça va toujours continuer comme ça, pour eux. Vivre au chaud, coucher dans des draps propres, s'emplir le ventre et rouler en voiture, pendant que les pauvres gens crèvent la faim, ce n'est pas juste. Bientôt ça va changer. Alors on fera les comptes...

— Dans tous les pays, il y a des inégalités, dis-je.

— Pas comme chez nous, marmonne Aniouta en apportant le dessert : un gâteau de fromage blanc avec des fruits confits.

Je hasarde une remarque malicieuse :

— Mais vous êtes bien nourris, à l'office, n'est-ce pas ?

— Evidemment. Nous, on a notre content !

— Alors de quoi vous plaignez-vous ?

— Je pense aux autres.

Je m'entends dire :

— Moi aussi, Aniouta, je pense aux autres. Vous avez raison. Il faut un changement. Mais espérons qu'il se fera en douceur.

— Oui, bien sûr ! soupire-t-elle.

Puis, secouant la tête, elle s'écrie gaiement :

— Tout de même, ce ne serait pas mal d'en voir pendre quelques-uns !

Le lendemain, lundi 27 février, je sors seule dans la rue, sous prétexte de poster une lettre à ma mère, en réalité pour essayer de saisir sur le vif l'humeur de la cité. La perspective Liteïny est noire de monde. Un régiment se fraie un chemin, en désordre, parmi la foule. Les soldats ont des rubans rouges à leurs casquettes. Certains tirent en l'air, joyeusement. On les acclame. Pas un officier pour les encadrer. Le flot de capotes grises semble intarissable et indécis. Quelques camions automobiles roulent lentement, avec un bruit de ferraille. Des mutins y sont entassés, le fusil pointé vers les toits. Au-dessus d'eux, flotte un drapeau rouge. J'entends dire dans la foule :

— C'est le régiment Preobrajenski. Il est passé à l'insurrection avec le régiment de Volhynie...

Une automobile de maître vient en sens inverse. Des soldats croisent la baïonnette, arrêtent la voiture, en font descendre les occupants et crient au chauffeur :

— Va-t'en, si tu ne veux pas qu'on t'embroche !

Le chauffeur et le barine protestent. Ils

exigent un ordre de réquisition. Pour toute réponse, un caporal met son poing sous le nez du monsieur. Celui-ci se tait, blême, indigné, terrorisé. Autour d'eux, on rigole. Le chauffeur et son maître s'éloignent, pliant l'échine. La voiture repart avec un soldat à son volant et d'autres soldats, hérissés de fusils, à l'intérieur. La foule applaudit.

Cependant, la pétarade s'intensifie. Il semble que la troupe des insurgés se heurte à une résistance près du pont. Sans doute un régiment loyaliste leur barre-t-il la route. Les balles sifflent et ricochent contre les murs. Instantanément, la cohue se disperse. Je cours à petits pas jusqu'à notre maison, qui se trouve rue Malaïa Italianskaïa. Olga Lvovna m'embrasse avec effusion. Elle a eu si peur pour moi ! Je dois lui raconter par le menu tout ce que j'ai vu en ville. Les enfants m'écoutent, bouche bée.

— Est-ce qu'il y a eu des tués ? demande Georges, les yeux brillants d'une excitation belliqueuse.

Sa mère le fait taire en le menaçant du doigt. Elle a téléphoné à Alexandre Sergueïevitch, au bureau, et l'a supplié de rentrer au plus vite. Il est en voiture. Elle a peur que lui aussi ne soit arrêté par les insurgés, sous prétexte de réquisition.

— Ce sont des voyous, des voyous ! gémit-elle en se tordant les mains.

Alexandre Sergueïevitch arrive sur ces entrefaites. L'automobile a traversé la ville sans encombre. Elle se trouve en sécurité, au fond de la cour, dans le garage. Et le chauffeur l'astique, comme d'habitude, pour nettoyer les traces de boue sur la carrosserie. Olga Lvovna se rassure et consent à boire une tasse de thé.

A six heures du soir, c'est Maxime qui se présente. On ne l'attendait pas. Il apporte des nouvelles surprenantes. La mutinerie a gagné toutes les troupes de la garnison. Les émeutiers ont dressé des barricades aux points stratégiques. Ils ont incendié le Palais de Justice, ouvert les prisons, pris d'assaut l'arsenal. Les quarante mille fusils qu'ils y ont trouvés ont été distribués aux ouvriers en grève. Tout en soutenant, par principe, la cause de la rébellion, Maxime craint les excès de l'anarchie. Mais Alexandre Sergueïevitch est d'un avis contraire.

— Il fallait cette explosion de mécontentement pour que le tsar mesure les conséquences de sa politique, dit-il. Dès qu'il aura changé de gouvernement et élargi le rôle de la Douma, tout rentrera dans l'ordre.

Sur quoi il invite son neveu à dîner. Maxime accepte après m'avoir jeté un regard d'amitié joyeuse. Et soudain j'oublie toutes les angoisses de la journée.

La nuit est troublée par des coups de feu isolés. Mais, au petit matin, la fusillade s'apaise. Dans la rue, sous nos fenêtres, c'est un défilé de troupes grises, harnachées de rubans rouges. Il ne doit plus y avoir un mètre de tissu écarlate dans les magasins. Tout a été dévalisé pour pavoiser la révolution. Des automobiles roulent lentement, bourrées de soldats dont les baïonnettes passent par les fenêtres. Deux hommes sont allongés, de chaque côté, sur les ailes de la voiture, braquant leurs armes dans le vide. D'autres se tiennent, serrés comme des harengs, dans la caisse des camions. Ils ont enroulé autour de leur torse des bandes de cartouches de mitrailleuse. Un drapeau rouge se déploie au-dessus de leurs bonnets. Ils jettent des tracts dans la foule. Au cours de la journée, nous apprenons par un coup de téléphone d'Alexandre Sergueïevitch, qui se trouve à son bureau, la constitution, à la Douma, d'un comité exécutif provisoire, chargé de canaliser la révolution, et la formation, à côté de la Douma, d'un Soviet des députés ouvriers de Petrograd. Il croit savoir, de plus, que le tsar s'apprête à quitter son grand quartier général pour se rendre à Tsarskoïe Selo.

— Tout cela est de bon augure, dit-il. Un commencement d'organisation se dessine. La Douma et le Soviet ont la confiance du peuple.

Ils ramèneront le calme dans les esprits et les soldats rentreront dans leurs casernes.

Mais, dans l'après-midi, la fusillade reprend de plus belle. Les soldats traquent les « pharaons », c'est ainsi qu'on appelle maintenant les policiers. Ils soupçonnent ces agents du tsarisme de se cacher sur les toits. De temps à autre, un camion s'arrête et décharge sa mitrailleuse vers les étages supérieurs. Personne ne riposte. Néanmoins, la mitrailleuse s'acharne. Puis le camion s'éloigne. Le silence revient. Et de nouveau des coups de feu. Contre qui ? Mystère. Parfois, un groupe de soldats et d'ouvriers en armes s'engouffre dans le porche d'une maison. Ils recherchent un suspect. C'est souvent un prétexte à pillage. Des hommes ressortent, portant des ballots de vêtements ou une pendule. Mais il arrive aussi qu'ils emmènent un monsieur bien mis, qui baisse la tête. Notre *niania*, Pulchérie, s'abîme en prières devant les icônes. Olga Lvovna prend des gouttes de valériane. Par bonheur, nous ne sommes pas visités. Alexandre Sergueïevitch revient du bureau et nous remonte le moral. D'après lui, « le plus dur est passé ». Et, en effet, la nuit est calme.

Pourtant, le 1er mars, les événements se précipitent. On n'entend plus de coups de fusil, mais on devine dans l'air une agitation insolite. Olga Lvovna supplie son mari de ne pas aller au bureau. Il la plaisante sur ses frayeurs et commande la voiture. Peu après son départ, Maxime arrive chez nous pour donner sa leçon. Il a traversé la ville, qui lui a paru envahie de soldats désœuvrés. De nombreuses maisons sont pavoisées de drapeaux rouges. Quelques emblèmes impériaux ont été arrachés, quelques vitrines de magasins brisées. Par terre, dans la neige, gisent des tracts exigeant l'abdication du tsar. Personne n'y prête attention. Alexandre Sergueïevitch téléphone qu'il ne rentrera pas déjeuner. Il a trop à faire au bureau. La moitié de son personnel est absent. Maxime passe à table avec nous. Il est soucieux et nous quitte aussitôt après le repas. Je tiens compagnie à Olga Lvovna pendant que les enfants font la sieste. Au moindre bruit dans la rue, elle tressaille.

Maxime revient en fin d'après-midi et nous apporte les derniers échos de la révolution. L'un après l'autre, les régiments de la capitale vont prêter serment à la Douma. Certains officiers portent déjà un brassard rouge. Ceux qui refusent de se soumettre — et ils sont nombreux — sont molestés et chassés de leur unité par les soldats. On dit que le grand-duc Cyrille n'a pas hésité à se ranger du côté des mutins. Il s'est présenté, avec les équipages de la garde dont il est le chef, au palais de Tauride où siège la Douma. Pour les monarchistes, c'est un scandale, pour les libéraux un acte de lucidité politique. Maxime est de ce dernier avis. « Il faut tout faire pour préserver la légalité », dit-il. Dans une autre aile du même palais de Tauride, se tiennent les réunions houleuses du Soviet des ouvriers et des soldats. Ce Soviet a décrété que désormais les ordres de la commission militaire de la Douma ne seraient exécutés que s'ils ne contredisaient pas ses décisions à lui. En outre, il a aboli le salut militaire et les formules de déférence envers les supérieurs : Votre Excellence, Votre Noblesse... Plus de hiérarchie. Le soldat est maître de son destin. Maxime croit qu'une décision aussi extravagante ne sera pas appliquée. En tout cas, il y a maintenant un double pouvoir : celui du comité exécutif provisoire de la Douma et celui du Soviet qui représente la rue. Tout cela me semble d'une confusion dangereuse. Maxime, lui aussi, est perplexe. Les propos de la soubrette Aniouta me reviennent en mémoire : « Bientôt, ça va changer. Alors on fera les comptes ! » Le moment de la grande explication n'est-il pas venu ? Aujourd'hui, le peuple triomphe. Il ne va pas se contenter de demi-mesures. On a dénombré, paraît-il, plus de mille cinq cents tués et blessés, tombés au cours des échauffourées. Les écoles et les jardins publics sont fermés. Le ravitaillement devient de plus en plus difficile. La ville entière retient son souffle dans l'attente de quelque nouveau cataclysme. A deux reprises, Olga Lvovna téléphone au bureau pour savoir si « tout va bien ». Alexandre Sergueïevitch la rassure en riant. Pourtant, le soir, c'est un homme penaud qui rentre à la maison. Sur le chemin du retour, il a été dépossédé de son automobile par un groupe de soldats résolus : une Delaunay-Belleville toute neuve.

— Ils ont été très corrects, dit-il. Très fermes, mais très corrects. J'ai dû m'incliner...

Et il explique qu'il a bon espoir de récupérer sa voiture grâce à ses relations avec certains députés de la Douma. Il nous reste la calèche, avec ses deux chevaux dans l'écurie. Le cocher, Karp, est très dévoué à ses maîtres. Nous ne sommes pas à plaindre. Olga Lvovna, très pâle, murmure :

— Et si ce n'était que le commencement ?...

Anatole et Georges, qui aimaient se promener en automobile, pleurnichent. On se rend, en petit groupe funèbre, dans la salle à manger. Igor nous sert avec un visage de marbre. Que pense-t-il de ce remue-ménage ? Il faudra que j'essaie de le savoir par Aniouta.

C'en est fait : la Russie n'a plus de tsar.
Harcelé par les émissaires de la Douma, Nicolas II a abdiqué dans la nuit du 2 au 3 mars
1917 en faveur de son frère, le grand-duc
Michel. Et celui-ci, renonçant lui-même à la
couronne, a, selon la formule des journaux,
remis le pouvoir suprême entre les mains de la
nation. Nous voici donc en république. Trois
siècles d'autocratie s'écroulent d'un seul coup.
Une ère nouvelle commence. Alexandre Serguéïevitch exulte. Maxime n'est pas loin de
partager son optimisme. Seule Olga Lvovna
pleure sur le sort de l'empereur et de sa
famille, prisonniers à Tsarskoïe Selo et dont
personne ne sait que faire. Dans l'attente de
l'élection d'une Assemblée constituante, c'est
un gouvernement provisoire, présidé par le
prince Lvov, qui dirige le pays. Il est composé
d'hommes honorables. On parle beaucoup

d'un certain Kerenski, avocat socialiste, excellent orateur qui, bien que proche des préoccupations du peuple, se dit résolu à poursuivre la guerre. Mais les soldats du front, ébranlés par les désordres de l'arrière, ne songent qu'à rentrer chez eux. S'il en est ainsi, les Allemands enfonceront sans peine les lignes russes. Ils avancent d'ailleurs vers Petrograd. Et, quand ils en auront fini avec la Russie, ils retomberont de tout leur poids sur la France. Par la faute de cette révolution qui a désorganisé l'armée russe, nos héroïques poilus vont avoir à supporter une offensive boche plus brutale encore. Je le dis à Maxime. Il tente de me rassurer. D'après lui, le changement de régime en Russie hâtera la conclusion d'une paix générale. La lassitude du soldat russe, traversant les frontières, se communiquera de proche en proche à tous les combattants, amis ou ennemis, et les gouvernements alliés, comme ceux des Empires centraux, admettront la nécessité de mettre bas les armes. Je m'efforce de le croire pour me tranquilliser. Mais je pense de plus en plus à ma patrie, à ses villes laborieuses, à ses campagnes paisibles, à la douceur de son climat et à la souffrance de tous ceux qui, dans les tranchées, défendent ce fragile paradis de raison et de beauté. En comparaison, la Russie actuelle, vouée au chaos, m'effraie. Est-il possible que de cette pagaille, à la fois grotesque et tragique, émerge un jour un Etat fort, discipliné et heureux ? Pour me convaincre, Maxime m'offre d'aller faire un tour au palais de Tauride où se tiennent les réunions de la Douma et du Soviet. Je suis tentée par la proposition, mais préfère n'en rien dire à Madame. Justement, elle reçoit quelques amies pour le thé. Elle ne s'apercevra même pas de mon absence. Je demande à la *niania*, Pulchérie, de surveiller les enfants pendant que je ne serai pas là. Elle est ravie de me remplacer auprès de ses chers petits. Comme Olga Lvovna s'oppose toujours à ce que ses fils s'aventurent en ville, ils prendront l'air en jouant dans la cour de l'immeuble. De toute façon, je ne serai pas longue à revenir. Le palais de Tauride est près de chez nous. Je mets mon manteau bleu-mauve, coiffe ma toque de fourrure et nous voici partis.

La rue est calme, mais tous les emblèmes impériaux ont été arrachés des façades. Les écussons des fournisseurs de la cour jonchent la neige sale. C'est un massacre d'aigles à deux têtes. Un immense drapeau rouge flotte sur le toit du palais de Tauride. L'entrée est libre. En pénétrant dans l'aile gauche de l'édifice où siège le Soviet, je suis prise à la gorge par une odeur de bottes et de mauvais tabac. Le solennel décor Empire aux colonnes classiques a été transformé en corps de garde. Partout des soldats débraillés, mangeant à des tables de planches, devant un samovar, ou ronflant, vautrés par terre, entre des piles de dossiers et des sacs de farine. Parmi eux, circulent des étudiants mal rasés, aux longues tignasses, coiffés de casquettes bleu-vert. Çà et là, une secrétaire à l'air rogue, le nez chaussé de lunettes, tape sur sa machine à écrire. Les quémandeurs font la queue devant elles. De temps à autre, elles condescendent à lire une supplique et y apposent leur cachet et leur signature. Incontestablement, je suis trop bien habillée pour cette visite dans les coulisses de la révolution. Bousculée, étouffée, je me cramponne au bras de Maxime. Des écriteaux dansent devant mes yeux : « Bureau des laissez-passer », « Bureau des réquisitions »... Un brouhaha de voix rudes m'emplit les oreilles. Au milieu de cette pétaudière, des ouvriers apportent des fusils par brassées, d'autres coltinent des sacs postaux. Deux matelots, le béret sur l'oreille, poussent devant eux un vieillard tremblant, aux favoris poivre et sel et à la pelisse déboutonnée : quelque bourgeois accusé du crime de capitalisme. Finira-t-il, comme tant d'autres, à la forteresse Saint-Pierre-et-Saint-Paul ? Puis, c'est le tour d'un officier, amené par des soldats hilares. Il porte la croix de Saint-Georges sur la poitrine. Ses épaulettes ont été arrachées. Tout en marchant, le dos raide, il jette autour de lui des regards indignés. Le groupe disparaît derrière une porte qui se referme aussitôt. A travers la cloison, on entend des éclats de voix. Sans doute a-t-on réuni là quelque tribunal populaire. La vie, la mort, l'emprisonnement, la confiscation de tous les biens se jouent à pile ou face. Nous rebroussons chemin. J'en ai assez vu. Et surtout je crains, si je m'attarde, qu'Olga Lvovna ne s'aperçoive de mon absence. En me retrouvant à l'air libre, je dis à Maxime :

— Je suis horrifiée !

Il me raisonne :

— Mettez-vous à leur place. Ils font l'apprentissage de la liberté après des siècles d'esclavage. Tout se construit ici dans l'improvisation, dans la hâte, dans l'incompétence et dans la bonne humeur. Mais le gouvernement provisoire, lui, est de tendance libérale. Je dirai presque bourgeoise. Il saura éviter les débordements.

En traversant le jardin de Tauride, blanc de neige, je songe, une fois de plus, que je jugerais sans doute moins sévèrement les nouveaux maîtres de la Russie si mon pays n'était pas en guerre contre l'Allemagne.

— En temps de paix, une telle révolution serait peut-être une bonne chose, dis-je. Mais en temps de guerre...

— En temps de paix, elle n'aurait pas eu lieu ! affirme Maxime.

Nous marchons côte à côte. J'essaie de régler

mon pas sur le sien. Cette cadence égale me calme. Tout à coup, je me sens en sécurité. Je le regarde à la dérobée. Il est vêtu d'un vieux pardessus de drap marron, au col de velours râpé. Il porte des gants de filoselle. Une casquette légère le coiffe jusqu'aux oreilles. Ses « galoches » de dessus, en caoutchouc, sont éculées. Il boite du pied gauche. Son visage aigu, aux yeux de fièvre, est bleui par le froid.

— Vous n'êtes pas assez couvert, dis-je.

— Mais si, mais si !... Ça va très bien !...

Il ne se plaint jamais de sa pauvreté. Son bonheur n'est pas lié aux contingences matérielles. Sans doute n'envie-t-il même pas le confort des Borissov. Le trajet jusqu'à la maison me paraît trop court. Devant le porche de l'immeuble, je lui demande :

— Vous montez avec moi ?

— Non, dit-il. Je voudrais passer à *L'Aube du Nord*. Le journal n'a pas paru tous ces jours-ci, parce que l'imprimerie était en grève. Mais maintenant le travail a repris. Alors je vais voir le rédacteur en chef...

— Pour lui remettre un article ?

— Pour lui en proposer un que je n'ai pas encore écrit, mais dont l'idée m'est venue tout à l'heure.

— Et il traitera de quoi, votre article ?

— De ce que nous avons vu au palais de Tauride. J'en profiterai pour donner l'opinion d'une jeune Française sur les événements de

Russie. Vous n'y voyez pas d'inconvénient ?
Bien entendu, je ne citerai pas votre nom.

Je suis flattée qu'il attache autant d'importance à mon jugement et mon cœur se met à battre très vite. Je balbutie :

— Vous me gênez... Je ne suis pas du tout qualifiée... Je parle à tort et à travers, selon mes impressions du moment...

— C'est justement ça qui est précieux, dit-il. Laissez-moi faire... Je suis sûr que mes lecteurs seront très intéressés...

J'accepte, confuse et fière. Il me tend la main :

— A demain, mademoiselle Geneviève !

— A demain, Maxime.

Et cette formule familière, entre nous deux, me met le sang aux joues.

Je retrouve les enfants dans la cour, avec Pulchérie emmitouflée dans ses châles. Ils ont joué à saute-mouton et sont tout échauffés. Nous regagnons l'appartement, au troisième étage. Bien entendu, l'ascenseur ne fonctionne plus depuis longtemps. Les amies d'Olga Lvovna sont toujours là. Personne ne m'a demandée pendant que j'étais sortie. Je me réfugie avec Georges et Anatole dans la chambre et leur lis à haute voix *Vingt Mille Lieues sous les mers*, de Jules Verne. Au bout d'un moment, Aniouta vient nous chercher de la part d'Olga Lvovna. Mais, quand nous nous présentons dans le

salon, les dames ne font d'abord aucune attention à nous. Elles commentent avec désespoir
l'internement de la famille impériale à Tsarskoïe Selo :

— Comment ces misérables ont-ils osé...?

— Pour moi, s'il n'y a plus de tsar, il n'y a
plus de Russie !

— Il paraît, ma chère, que l'empereur est
surveillé comme un vulgaire prisonnier de
droit commun... On lui permet chaque jour de
faire une petite promenade dans le parc, mais
il est suivi, pas à pas, par des soldats en
armes...

— Kerenski est très coupable !... Et le prince
Lvov aussi !... Quant au grand-duc Cyrille,
c'est un traître !... D'ailleurs, toute l'aristocra-
tie était du côté de l'opposition ! Et voilà où
cela nous a conduits !... Ils s'en mordent les
doigts, aujourd'hui !

Je m'apprête à me retirer sur la pointe des
pieds quand on s'avise de notre présence.
Aussitôt, le ton change. Descendant des hautes
sphères de la politique, les dames s'attendris-
sent sur les deux garçons. Elles leur parlent
avec des mines énamourées, elles bêtifient.
Leurs propos bourdonnent autour de moi sans
que j'y prenne garde. Je marche encore dans la
rue avec Maxime. Je souris dans le vide. La
voix d'Olga Lvovna me tire de ma rêverie :

— Vous pouvez emmener les enfants, Mademoiselle.

Maxime m'a apporté *L'Aube du Nord*. Son article figure en dernière page du journal, dans un encadré. Il me le lit lentement et traduit en français les passages les plus difficiles. Sa description de l'atmosphère du palais de Tauride est exacte. Et il a fidèlement rapporté mes propos. Il me désigne dans son texte comme une « charmante jeune Française de ma connaissance ». Cette épithète chatouille ma vanité. Néanmoins je feins de ne l'avoir pas remarquée. Je ne veux pas paraître trop sensible à ses compliments. Nous nous trouvons dans la chambre des enfants, après la leçon. Georges et Anatole se distraient en jouant avec des décalcomanies que je leur ai achetées. Ils ne s'occupent pas de nous. Je félicite Maxime pour la qualité de son récit, que je trouve coloré, intelligent et sincère. Il proteste en riant qu'il s'agit là d'une toute petite chose, rédigée à la va-vite et à laquelle il n'attache aucune importance. Puis il commente pour moi les dernières nouvelles politiques : la garnison de Petrograd aurait reçu la promesse de ne jamais être envoyée au front, le Soviet exigerait l'ouverture immédiate de négociations avec les prolétaires de tous les pays ennemis, mais le gouvernement provisoire, lui, est toujours résolu à se battre contre l'Allemagne, et la récente déclaration de guerre des Etats-Unis ne fait que le renforcer dans cette idée. Pour Maxime, tous ces mouvements de masse ne peuvent que hâter la conclusion d'une paix générale. En se désengageant du conflit, la Russie inciterait les autres pays à en faire autant. Je ne partage pas cette conception utopique. Pour moi, si la Russie se dérobe, les Boches en profiteront pour retourner l'ensemble de leurs forces contre la France. Evidemment, je vois tout du point de vue de ma patrie aux abois. Pourvu qu'il n'y ait pas, chez nous, une révolution comme en Russie ! Nos malheureux soldats sont épuisés par une guerre sans fin. La récente victoire, en Champagne, a été durement acquise. Les hôpitaux sont pleins. Il n'y a pas une famille qui ne compte quelques morts dans les combats. Depuis quinze jours, je suis sans nouvelles de ma mère. Les lettres n'arrivent plus. Le ravitaillement de Petrograd, qui s'était quelque peu amélioré, est redevenu plus difficile que sous l'ancien régime. Les queues s'allongent devant les magasins. Hier a eu lieu, en grande pompe, l'enterrement, au Champ de Mars, des victimes de la révolution. Maxime, qui s'était rendu sur les lieux, parle d'une cérémonie imposante. Une foule immense assistait à l'événement, portant des bannières écarlates ou des pancartes aux inscriptions menaçantes pour le tsar, le gouvernement et les bourgeois. Les cercueils étaient peints en rouge. Des orchestres jouaient des marches funèbres. Des hommes, des femmes au visage résolu chantaient : *Vous êtes tombés victimes de la lutte fatale*, tandis que les canons de la forteresse Saint-Pierre-et-Saint-Paul tiraient des salves d'honneur.

— C'était très impressionnant, conclut Maxime, surtout à cause de la tranquillité puissante de la foule. On la sentait disciplinée, grave et sûre de sa force. Cela m'a donné confiance en l'avenir de la Russie populaire. Si les agitateurs ne s'en mêlent pas, tout ira bien.

— J'aurais bien voulu assister à cette manifestation, dis-je.

— La prochaine fois qu'il y aura quelque chose d'important à voir, je vous emmènerai.

— Vous donnerez un article au journal sur l'enterrement ?

— Oui. Je vais même rentrer tout de suite chez moi pour l'écrire.

— Alors vous ne restez pas déjeuner ?

— Non. Pas aujourd'hui.

Je suis déçue mais n'en laisse rien paraître.

— Je garde ce numéro de *L'Aube du Nord* où vous parlez du palais de Tauride, dis-je.

— Bien sûr ! s'écrie Maxime. Il est à vous !

Il a l'air soudain pressé de me quitter pour courir à sa table de travail. Son visage est empreint d'une jubilation nerveuse. Il a de l'encre sur les doigts. Ses cheveux longs pendent dans son cou. Sans doute n'est-il pas très propre. Mais cela fait partie de sa personnalité d'intellectuel russe, dévoré par les idées et incapable de se conduire dans la vie. Je songe avec tristesse que rien ne l'intéresse peut-être, hormis le remue-ménage politique et l'écriture. Je le raccompagne jusque dans l'antichambre. Sur le seuil, il me dit avec un sourire enfantin :

— Je suis sûr que nous aurons bientôt l'occasion de sortir ensemble pour voir le peuple occupé à construire son avenir.

Son regard plonge gaiement dans mes yeux. Ce souvenir lumineux m'aide à supporter un après-midi monotone entre les deux garçons qui se disputent et Olga Lvovna qui se plaint de migraines. Alexandre Sergueïevitch rentre du bureau à cinq heures. Dix minutes plus tard, Aniouta vient me chercher dans la chambre d'enfants. Je me rends auprès de Madame. Elle me reçoit, dans le salon, à demi allongée sur une méridienne. Alexandre Sergueïevitch, assis non loin d'elle dans un fauteuil, a déployé un journal en écran devant son visage. Il ne bouge pas à mon entrée. En revanche, Olga Lvovna se redresse et brandit sous mon nez le dernier numéro de *L'Aube du Nord*. Sans doute y a-t-elle lu l'article de Maxime sur notre visite au palais de Tauride. Ses yeux sont chargés de reproche. Elle me dit d'une voix altérée :

— La « charmante jeune Française » dont parle Maxime Fedorovitch, c'est vous, n'est-ce pas ?

Je pressens l'orage et balbutie, fautive :

— Oui, Madame.

— Vous l'avez donc accompagné là-bas ?

— En effet, et j'ai demandé à Pulchérie de surveiller les enfants pendant ce temps-là.

— Ce n'est pas son travail !

— Je sais. Mais je ne me suis pas absentée longtemps. Et on peut avoir toute confiance en Pulchérie.

— Vous auriez dû me demander la permission.

Je baisse la tête. L'humiliation m'écrase. Pour ces gens-là, je ne suis qu'une gouvernante. Je n'ai pas le droit d'avoir une vie personnelle. Les larmes me piquent les yeux. Je pense à ma mère, à la France. Olga Lvovna se radoucit :

— D'ailleurs, il est déconseillé en ce moment de se mêler à la foule, dit-elle. Vous devriez éviter de sortir.

Alexandre Sergueïevitch abaisse son journal et son visage apparaît, jovial et paisible :

— Avec notre Maxime, Mademoiselle ne risque rien. Il a trop peur lui-même pour l'emmener dans des endroits dangereux. Et on ne peut pas vivre sans mettre le nez dehors. Je t'admire, ma chère, de rester toute la journée entre ces quatre murs. Je t'admire et je te plains.

Je ne m'attendais pas à ce qu'il prît mon parti contre sa femme. Il est vrai qu'il s'est toujours montré bien disposé à mon égard. La galanterie est sa seconde nature. Rappelée à l'ordre, Olga Lvovna se gourme.

— Bon, bon, murmure-t-elle. Courez donc la ville, Mademoiselle, puisque vous êtes curieuse de tout voir. Mais ne négligez pas votre travail. Et prévenez-moi chaque fois que vous quitterez la maison. J'aime être tenue au courant de ce qui se passe chez moi. C'est la moindre des choses.

— Je vous remercie, Madame, dis-je. En tout cas, vous pouvez être sûre que je ne profiterai pas de votre autorisation pour relâcher ma surveillance autour des enfants. Ils sont sacrés pour moi, ils... ils...

L'émotion m'étouffe. Olga Lvovna me tapote les mains. Elle a de nouveau son bon regard, affectueux et mélancolique. Pour faire diversion, Alexandre Sergueïevitch se lance dans l'éloge de l'article de Maxime :

— Il écrit bien, le bougre ! S'il n'était pas aussi paresseux, il pourrait se faire un nom dans la littérature. Mais voilà, il se disperse... Vous devriez lui dire, Mademoiselle, de travailler davantage. Vous, il vous écoutera !

En prononçant ces mots, il me regarde de façon significative et sourit sous sa moustache blonde. Je me trouble et balbutie :

— Je n'ai aucune influence sur Maxime Fedorovitch...

— Oh ! si ! Oh ! si ! s'exclame Alexandre Sergueïevitch en levant un doigt.

Olga Lvovna considère son mari avec sévérité et tranche :

— Là n'est pas la question, Alexandre. La carrière personnelle de Maxime ne nous regarde pas. Je ne lui demande qu'une chose : qu'il s'acquitte convenablement de son travail de précepteur. Nous lui avons confié l'instruction de nos enfants. J'espère que nous n'aurons pas à nous en repentir. Avec cette affreuse révolution, tout le monde a la tête à l'envers.

Alexandre Sergueïevitch éclate de rire. Les soucis de sa femme le mettent toujours en joie. Il se lève et lui baise les mains comme à une enfant craintive. Au fond, ce qu'il aime en elle, c'est sa fragilité. Elle profite de cette scène d'attendrissement pour lui demander s'il ne vaudrait pas mieux pour eux quitter Petrograd et se réfugier en Crimée, à Yalta, où ils possèdent une villa au bord de la mer. Quelques familles de leur connaissance ont déjà fui la ville pour des lieux plus paisibles, à la campagne. Cette fois encore, Alexandre Sergueïevitch la rassure : le gouvernement provisoire contrôle parfaitement la situation ; on est peut-être même plus en sécurité dans la capitale qu'aux confins du pays ; d'ailleurs, il lui est impossible d'abandonner son affaire dans les circonstances actuelles.

— Si tu veux partir sans moi, avec Mademoiselle et les enfants, c'est autre chose, dit-il.

Elle se récrie :

— Jamais sans toi !

Je respire. Bien que j'aie été très heureuse de mon séjour à Yalta avec la famille, l'année dernière, il me déplairait de m'éloigner de Petrograd en ce moment.

***
***

Aujourd'hui, 9 avril, après le déjeuner, pendant que les enfants font la sieste, je demande à Madame l'autorisation de sortir. Maxime veut m'emmener à la découverte d'un « nouvel aspect de la ville », selon son expression. Olga Lvovna soupire :

— Soit ! Mais vous êtes incorrigible ! Un jour ou l'autre, il vous arrivera un accident !...

Et elle recommande à Maxime de se tenir à l'écart de la foule, surtout si on y voit des drapeaux rouges et des pancartes. Il promet, docile et joyeux, comme un enfant impatient d'aller jouer dans la cour. Alexandre Sergueïevitch est déjà reparti pour le bureau. Il y va à pied, n'ayant pu récupérer sa voiture. Cet exercice lui est, dit-il, très salutaire. Nous sortons à notre tour et nous dirigeons vers les quais. Le dégel a commencé. La glace craque sur la Néva et d'énormes blocs vitrifiés dérivent lentement sur l'eau noire. Une brume gris-mauve enveloppe la ville. On patauge sur les trottoirs dans une gadoue blanchâtre. Peu de fiacres. Les rares automobiles qui circulent encore transportent des personnages officiels ou des soldats débraillés.

Dès les premiers pas le long du fleuve, nous nous heurtons à une manifestation de femmes. Elles suivent le quai, en rangs serrés, et chantent des hymnes révolutionnaires. Certaines portent des enfants dans leurs bras. Toutes, ou presque, ont des fichus sur la tête. Çà et là flottent des bannières rouges et des banderoles portant inscrites leurs revendications, toujours les mêmes : la fin de la guerre, le retour des soldats, du pain, une augmentation des salaires, l'égalité des droits avec les hommes... Elles se dirigent vers le Champ de Mars. Nous les suivons. Un meeting se tient devant les tombes encore fraîches des victimes de la révolution. Parmi les orateurs, des députés socialistes français, venus exprès de Paris pour soutenir leurs frères russes. C'est cela que

Maxime voulait me montrer. Un interprète traduit en russe, phrase par phrase, les harangues de ces invités d'honneur. On les acclame.

— Vous voyez, me dit Maxime, même vos compatriotes sont favorables à ce qui se passe chez nous. Le peuple russe sait ce qu'il veut et il exprime ses exigences dans le calme et la dignité. N'est-ce pas l'essentiel ?

Je voudrais tellement le croire ! J'avise, parmi la multitude, de nombreux étudiants aux cheveux longs. Ils ont des visages de colère. Déjà Maxime m'entraîne plus loin. Nous traversons le pont et tombons dans un autre meeting, devant l'hôtel particulier de la danseuse Kchessinskaïa, devenu le quartier général des extrémistes. Un homme, coiffé d'une casquette, vocifère du haut d'un balcon. Il est petit, avec un visage pâle au grand front et à la barbiche pointue. La foule l'écoute dans une attention religieuse.

— C'est Lénine, me dit Maxime.

Je sais par les journaux que ce bolchevik notoire, qui se cachait en Suisse, est revenu à Petrograd quelques jours auparavant, après avoir traversé l'Allemagne en wagon plombé. Sans doute les Boches ont-ils été ravis de faciliter le retour en Russie d'un agitateur dont le rêve est de désorganiser le pays et de signer une paix séparée sur le dos de la France. Ce que je ne comprends pas, c'est que le gouvernement provisoire ne l'ait pas fait arrêter à sa descente du train. Je le dis à mi-voix à Maxime qui s'écrie :

— C'était impossible ! Il est trop populaire ! Si vous aviez vu l'accueil qui lui a été réservé à la gare ! Un véritable triomphe ! Les ouvriers sont pour lui ! L'armée est pour lui ! J'espère cependant qu'au contact des réalités russes il comprendra que tout n'est pas possible tout de suite, qu'il faut se montrer plus pragmatique, moins intransigeant...

La voix de Lénine est mordante, saccadée. Il brandit le poing en hurlant des anathèmes. Je ne comprends pas tout ce qu'il dit, mais, de temps à autre, une phrase heurte mes oreilles et retentit jusque dans mon cœur : « Les gouvernements de brigands de France et d'Angleterre... La sale guerre impérialiste... Le peuple tournera ses armes contre ses exploiteurs capitalistes... Le bourgeois, voilà l'ennemi... Tout est à vous, camarades ! Vous êtes la force ! Vous n'avez qu'à vous servir ! L'aube de la révolution socialiste mondiale s'est levée !... »

Des hourras frénétiques saluent chacune de ses formules. En comparaison des députés français prétentieux et bavards que j'ai entendus tout à l'heure, Lénine me semble avoir la trempe dure de l'acier. Mais Maxime n'est pas de cet avis :

— Des mots, encore des mots, dit-il. En France, sans doute, de pareils discours entraîneraient la foule aux pires excès. Ici, la masse écoute, approuve, applaudit, agite des pancartes, puis chacun rentre chez soi et reprend sa vie grise en rêvant à un avenir meilleur qui n'arrivera peut-être jamais. J'ai entendu des hommes du peuple dire : « Nous voulons la république, mais avec un bon tsar... » Non, Lénine n'est pas dangereux !... Ou il mettra de l'eau dans son vin, ou il sera balayé de la scène politique !

Entre-temps, un autre orateur a remplacé Lénine au balcon. Nous rebroussons chemin. Maxime m'accompagne jusqu'à la maison mais refuse de monter. Quel bain d'innocence, après tous ces cris, toute cette gesticulation, tous ces drapeaux rouges, que la chambre d'enfants avec Georges et Anatole qui jouent sagement sous la surveillance de Pulchérie ! Olga Lvovna surgit et me demande d'un ton ironique :

— Alors, qu'avez-vous vu d'intéressant aujourd'hui, Mademoiselle ?

Je réponds d'un seul mot :

— Lénine.

— Mon Dieu ! s'écrie-t-elle. Ce traître, cet agent de Guillaume II ! Quelle impression vous a-t-il faite ?

— Effrayante !

— J'en étais sûre. Et vous tenez toujours à vous promener en ville ?

— Plus que jamais ! dis-je.

— Mais qu'est-ce qui vous attire dehors ?

— La vie, Madame, la vie...

— Il n'est pas nécessaire de se mêler aux gens pour la connaître.

— Je crois que si, Madame.

— Je ne vous comprends pas. Mais, après tout, c'est votre affaire.

Et elle ajoute :

— Nous avons des invités, ce soir. Vous dînerez dans la chambre avec les enfants.

Je murmure :

— Bien, Madame.

Elle sort, majestueuse. Georges et Anatole se précipitent sur ses talons et la rattrapent dans le couloir pour lui montrer quelques barbouillages qu'ils ont faits en m'attendant. Je reste seule parmi les jouets, avec la révolution dans ma tête. Ne suis-je pas en train, sans le savoir, de donner raison à Lénine ? Je me ressaisis, effrayée de la pente où je m'engage. Les enfants reviennent, leurs dessins à la main. Je les serre dans mes bras avec fougue et m'efforce de ne plus penser qu'à la façon de les distraire jusqu'à l'heure du dîner.

Avec la venue des beaux jours, les manifestations se multiplient. Je ne puis sortir dans la rue sans tomber sur un défilé braillard surmonté de pancartes et de drapeaux rouges. Même les perches de trolley des trams portent des rubans écarlates. Parfois une musique de régiment joue *La Marseillaise* sur un rythme lent, avec des couacs qui m'écorchent les oreilles. Il me paraît étrange d'entendre l'hymne national français au milieu des désordres russes. Chez nous, il est le symbole du patriotisme, ici, celui du défaitisme. Des orateurs improvisés escaladent un camion et clament au-dessus de la foule leurs devises vengeresses. On les applaudit. On chante *L'Internationale*. Et on se remet en marche. Il semble que cette déambulation vociférante soit devenue le passe-temps favori des habitants de Petrograd. Toute la ville a la bougeotte. Il en va de même, dit-on, à Moscou, à Kiev et dans la plupart des grandes cités de Russie. Plus grave encore, les journaux parlent ouvertement de pillages dans les campagnes et de défections massives dans l'armée. On publie des listes de propriétés saccagées par les paysans. Les soldats veulent rentrer chez eux pour toucher leur part du butin. Beaucoup partent avec leur fusil. Le mois dernier, on a dénombré plus de sept cent mille déserteurs. Les officiers qui s'opposent à la débandade sont massacrés. Un nouveau gouvernement a été constitué, toujours sous la présidence du prince Lvov. Pour m'aider à voir clair dans ce tohu-bohu, Maxime m'explique patiemment que, parmi les dirigeants actuels, il y a des sociaux-démocrates (ou mencheviks) et des socialistes-révolutionnaires (ou S.R.). Tous ces gens-là sont, d'après lui, hostiles aux bolcheviks qui, eux, représentent l'aile marchante de la révolution. Kerenski devient ministre de la Guerre. En même temps, un autre leader bolchevique arrive à Petrograd, venant des Etats-Unis où il était en exil : Trotski. On le prétend aussi enragé que Lénine. Il me semble que le gouvernement aura fort à faire s'il veut enrayer les menées subversives de ces deux chefs qui prennent la parole à tout bout de champ pour exiger une paix séparée et la confiscation de la totalité du pouvoir par les Soviets. Cependant Kerenski s'est fixé comme tâche de réorganiser l'armée. Il s'est rendu sur le front en compagnie d'un ministre français, M. Albert Thomas. Il fait là-bas des discours enflammés sur la discipline, le courage et le devoir envers la patrie. Mais personne ne l'écoute. Les soldats continuent à prendre les trains d'assaut pour regagner leurs pénates. D'autres n'hésitent pas à fraterniser avec les régiments ennemis qui leur font face. A l'arrière, on parle de plus en plus de paix « sans annexions ni contributions ». Cette formule a l'approbation d'Alexandre Sergueïevitch et surtout de Maxime. Celui-ci m'a encore dit qu'on ne peut moralement obliger un peuple à se battre alors qu'il souhaite déposer les armes. Il fait confiance à Kerenski et aux socialistes de tous bords qui le soutiennent. Je me perds de plus en plus dans ces subtiles nuances politiques. La Russie m'apparaît comme un lourd navire qui donne de la bande pendant que quelques hommes de bonne volonté s'acharnent en se bousculant à écoper l'eau dans les cales.

Le prix de la vie a encore augmenté. Le bois coûte soixante-cinq roubles la *sajène*[1]. Il est très difficile de trouver de la viande. Même chez les Borissov, on en mange moins. Je ne m'en plains pas. Leur table m'a toujours paru

1. *Sajène* : cube, mesure de capacité : un peu plus de 9 mètres cubes.

trop riche. Depuis les événements, comme on dit, Olga Lvovna n'emmène plus les enfants à la messe, le dimanche. Un prêtre, le père Trophime, vient les bénir et leur enseigner le catéchisme à domicile. Il est jeune, avec une forte carrure et une courte barbe noire. Il reste déjeuner et manie rudement la fourchette. Il se plaint que le nombre de fidèles à l'office diminue chaque jour à cause de l'insécurité des rues. Moi-même je délaisse notre chère église catholique française de la perspective Nevski. Je m'y suis rendue hier pourtant, dans l'espoir de rencontrer mes amies Paulette et Germaine. Elles étaient là, en effet, et tout agitées de me voir. Nous avons bavardé à la sortie en arpentant la rue ensoleillée et joyeuse. Par extraordinaire, il n'y avait pas de défilé dans le quartier. Je les ai trouvées toutes deux très montées contre la « classe bourgeoise ».

— Il y a trop d'inégalités en Russie, disait Germaine. Il faut une redistribution des richesses.

— Mais qui veillera à cette redistribution ? objectais-je.

— Le gouvernement ! répliquait Paulette.

— Quel gouvernement ?

— Celui que le peuple aura choisi. La révolution de 1789 a sauvé la France, la révolution de 1917 sauvera la Russie.

J'ai regretté que Maxime ne fût pas là pour

leur répondre. Mais sans doute leur aurait-il donné raison. Puis, selon leur habitude, elles se sont mises à dauber sur le compte de leurs patronnes respectives. Elles leur reprochaient pêle-mêle de ne savoir que faire de leur argent, d'être malveillantes envers les domestiques, de s'habiller de façon grotesque, de trembler à l'idée qu'on pût leur prendre leurs bijoux, de ne rien comprendre aux justes revendications populaires... Je les écoutais et leur haine m'était pénible. J'y discernais non pas la saine révolte que procure l'amour des humbles, mais la basse envie des personnes de condition subalterne envers ceux que la chance a favorisés. Tout à coup, je ne me sentais plus à l'aise entre mes deux compatriotes. Elles ne m'étaient pas plus sympathiques que la soubrette Aniouta qui file doux devant Madame et, derrière son dos, souhaite la ruine de la maison. Je les ai quittées avec soulagement devant ma porte. Depuis, je ne cesse de penser à elles. Je ne sais plus comment clarifier mes idées sur ce pays étrange où tout n'est qu'anarchie, incohérence, improvisation, avec un gouvernement dont personne ne veut et une armée qui réclame la paix mais continue à faire la guerre. On annonce même des succès sur le front russe, en Galicie.

Une lourde chaleur s'est abattue sur la ville. On a retiré les doubles châssis des fenêtres. Le bruit de la rue pénètre dans la maison. Un jour, des cosaques à cheval défilent en bon ordre avec des bouquets de fleurs à leurs carabines. Deux d'entre eux portent à bout de bras un grand portrait de Kerenski, comme ils portaient naguère des portraits de l'empereur. La foule applaudit. Le lendemain, c'est un autre cortège, celui de milliers de territoriaux, récemment mobilisés, qui passent en clamant : « Assez de guerre ! A bas les ministres capitalistes ! Du pain et la paix ! » Et la foule applaudit encore. Je me trouve avec Maxime sur le passage de ces misérables le long de l'élégante perspective Nevski. Ils ne savent même pas marcher au pas. Loqueteux, barbus, hagards, ils traînent les pieds et grignotent des graines de tournesol en crachant les écales du coin de la bouche. Les uns portent un uniforme défraîchi et une casquette d'ouvrier, d'autres sont vêtus en moujiks avec, en bandoulière, un fusil dont la courroie a été remplacée par une ficelle. Certains ont accroché une théière en émail rouge bosselé à leur ceinture. Des cuillères sont enfoncées dans les tiges de leurs bottes. Et cette armée de va-nu-pieds doit partir pour le front. Ils y vont avec colère, avec terreur, avec fatalisme. Maxime s'étrangle d'indignation.

— C'est un crime que d'expédier ces hommes à l'abattoir alors que la paix est inévitable, dit-il. On devrait les démobiliser et les renvoyer dans leurs foyers. Je me demande pourquoi Kerenski s'entête. Il rendrait service aux Alliés en arrêtant la guerre. Son geste serait suivi par les autres belligérants...

Toujours la même antienne. Je ne le contredis pas, bien qu'en tant que Française je sois naturellement inquiète à l'idée d'un éventuel désengagement de la Russie. Oui, la présence de Maxime à mes côtés désarme mon esprit critique. Je lui donne raison pour le plaisir de le voir sourire. Quand il me quitte pour se rendre à son journal, je me trouve soudain désœuvrée. Comme il est émouvant dans sa simplicité, dans sa naïveté ! Il m'aide à comprendre ce pays aux soubresauts imprévisibles.

Pour ajouter à la confusion, c'est à Petrograd l'époque des nuits blanches. Le soleil ne se couche pas. D'un ciel couleur de nacre, filtre une lueur blafarde sur la ville écrasée de sommeil. Dans cet éclairage irréel, les rares passants prennent des allures de fantômes. En me penchant à la fenêtre, je vois, dans le clair-obscur, des soldats assis en bordure du trottoir, d'autres vautrés sur la chaussée. Que font-ils là ? Le lendemain matin, ils ont disparu. La journée se passe dans le calme. Pourtant les journaux annoncent que les ministres les plus modérés ont quitté le gouvernement de coalition. N'est-ce pas l'annonce d'une nouvelle crise ? Il fait chaud, les enfants sont nerveux.

Et soudain, c'est l'explosion. Le 4 juillet, nous apprenons, par un coup de téléphone d'Alexandre Sergueïevitch, que des centaines de milliers d'ouvriers en grève et de soldats ont envahi les rues et exigent que le Soviet de Petrograd prenne le pouvoir. Le gouvernement provisoire envoie contre eux les cosaques. Des fusillades éclatent aux quatre coins de la ville. Nous en percevons les échos. Olga Lvovna supplie son mari de rentrer au plus vite. Pour une fois, il obéit sans protester.

Nous voici réunis. Derrière les murs, c'est un tumulte, une pétarade nourrie. On se téléphone de maison à maison. Il y a une échauffourée à l'angle de la rue Sadovaïa et de la perspective Nevski. Des bandes de voyous pillent les magasins. Les cosaques chargent les mutins sur le pont Liteïny. Une violente averse éclate, interrompant les échanges de coups de feu. Mais, aussitôt après, les combats reprennent. Maxime arrive, trempé de pluie, avec des nouvelles fraîches. Il semble que les troupes gouvernementales aient le dessus. Comme la fusillade continue la nuit, Alexandre Sergueïevitch propose à son neveu de rester coucher. Maxime accepte. On lui prépare un lit sur le divan du bureau. J'aide à faire la couverture. Il me remercie. Je suis heureuse, malgré mon inquiétude. C'est la première fois que Maxime passe la nuit sous notre toit. Cette pensée me hante dans mon sommeil. A trois heures du matin, je me lève et, poussée par la curiosité, sors de ma chambre, traverse sur la pointe des pieds l'appartement silencieux, entrebâille la porte du bureau. Une réverbération polaire tombe de la fenêtre. Je discerne, dans la pénombre, un corps recroquevillé sur le divan. Maxime a rejeté les couvertures. Il est en chemise. Une de ses jambes, nue, pend jusqu'à terre. La pose d'un enfant assoupi. Et s'il se réveillait soudain, s'il me demandait ce que je fais là? Effrayée, je referme la porte et cours me recoucher. Mais je ne peux dormir. Mon cœur bat trop vite. Assise sur mon séant, le regard flottant dans le vide, j'écoute, jusqu'à l'engourdissement de la pensée, le tic-tac de ma montre de chevet.

Le lendemain matin, un ordre du général Polovtsev, commandant de la place, prescrit aux habitants de rester chez eux, portes et fenêtres fermées. Notre rue est déserte. Un silence sinistre plane sur la ville. De temps à autre, retentit une détonation isolée ou un crépitement de mitrailleuse. Il pleut. Les ponts Liteïny et Troïtski sont levés, empêchant toute communication entre les deux rives de la Néva. Alexandre Sergueïevitch consent à ne pas sortir. Mais Maxime, après avoir donné sa leçon habituelle aux enfants, nous quitte pour courir au journal. Il ne se doute pas que je l'ai vu dormir. Cette idée m'amuse. Il me semble que le fait de l'avoir surpris dans son sommeil me confère sur lui une sorte de pouvoir occulte. Je le sens plus proche de moi, plus dépendant de moi qu'avant cette vision intime. Il revient le soir et nous annonce que l'insurrection est à bout de souffle. On dénombre, affirme-t-il, beaucoup de morts parmi les émeutiers et parmi les cosaques. Le calme étant à peu près rétabli, il décline l'offre de dormir, comme hier, dans le cabinet de travail d'Alexandre Sergueïevitch et se dépêche de rentrer chez lui. Il est si discret! Il craint de s'imposer alors que tout le monde, ici, est content de le voir.

Le jour suivant, les troupes loyalistes cernent la forteresse Saint-Pierre-et-Saint-Paul et l'hôtel particulier de la danseuse Kchessinskaïa, qui est le quartier général des bolcheviks. Comprenant l'inanité de toute résistance, les mutins se rendent. Le gouvernement provisoire interdit les journaux extrémistes et procède à l'arrestation de nombreux militants, accusés de trahison au profit de l'Allemagne. Le bruit court que Lénine a été jeté en prison. Puis cette nouvelle est démentie : il se serait enfui sous un déguisement. De toute façon, il n'est plus à craindre. La faillite des bolcheviks raffermit la position de Kerenski. Le prince Lvov ayant démissionné, il prend la tête du gouvernement. C'est Kerenski, à présent, l'homme fort de la Russie. A l'enterrement des cosaques tués lors des émeutes de juillet, lui et d'autres ministres ont porté un cercueil jusqu'au parvis de l'église. Tout en reconnaissant ses dons d'orateur, Maxime le tient pour un illuminé, un brouillon et un arriviste : « Tant qu'il ne se résignera pas à signer la paix, il aura le peuple contre lui », dit-il. Les faits semblent lui donner raison : après quelques succès en Galicie, les troupes russes reculent. Le soldats discutent dans des meetings les décisions de leurs officiers. Des régiments entiers refusent le combat et refluent en désordre vers l'arrière. Kerenski rétablit la peine de mort sur le front. Mais cela n'arrête pas la débandade. On doit être bien inquiet en France. Les lettres ne passent plus. Depuis des semaines, je ne sais rien de ma mère. Aux dernières nouvelles, sa santé était bonne et son humeur vaillante. Mais maintenant, où en est-elle ? Je souffre de ne pouvoir l'imaginer dans son petit appartement, ou dans les magasins, ou dans la rue. Il y a des moments où j'ai un tel besoin de la revoir, de l'entendre que le cœur me manque. Si j'avais la faculté magique de m'envoler vers Paris, de l'embrasser et ensuite de revenir ici, je serais la plus heureuse des femmes. Pourtant, la Russie qui m'entoure n'est guère attrayante. Le chaos et la famine sont notre lot quotidien. Notre cuisinier fait des prodiges pour se procurer un peu de viande. A présent, Kerenski loge au palais d'Hiver et couche dans le lit d'Alexandre III. On l'appelle, par dérision, Alexandre IV. Quant au tsar Nicolas II et à sa famille, leur présence à Tsarskoïe Selo a été jugée indésirable par le nouveau maître de la Russie. On les a embarqués dans un train. Ils roulent vers Tobolsk, en Sibérie. Comme de vulgaires proscrits politiques. C'est du moins ce qu'affirme Maxime, qui a des informations sûres grâce aux collaborateurs de *L'Aube du Nord*. Il dit que cette mesure d'éloignement a été rendue nécessaire parce que des partisans monarchistes voulaient tenter un coup de main pour libérer Nicolas II. Le tsar en Sibérie !... Olga Lvovna en est malade de chagrin. Moi-même, bien qu'étant française, je partage sa stupeur indignée. Seul Alexandre Sergueïevitch garde confiance en l'avenir.

— Il reviendra, dit-il. La Sibérie n'est pas le bout du monde. Et nous aurons une monarchie constitutionnelle comme les Anglais !

Nous avons eu un grand espoir, à la fin du mois d'août, lorsque le bruit a couru que le généralissime Kornilov marchait sur Petrograd avec une armée fidèle pour rétablir l'ordre et faire entendre raison aux bolcheviks. Mais Kerenski, redoutant un coup d'Etat militaire qui le dépossèderait de son pouvoir, a réuni en hâte tous les soldats à sa disposition et, soutenu par le Soviet, a prononcé la destitution de celui en qui une large partie de la population voyait déjà un sauveur. Mal dirigées, les troupes libératrices ont renoncé au combat et leur chef, le général Krymov, adjoint de Kornilov, s'est brûlé la cervelle. Après ce putsch manqué, Kerenski s'est proclamé lui-même généralissime et a pris la tête d'un directoire de cinq membres. Toutes ces intrigues et ces péripéties sont incompréhensibles à un cerveau occidental. Même Alexandre

Sergueïevitch et Maxime paraissent perdus et comme ensevelis sous l'avalanche des événements. En tout cas, à présent, il ne faut plus compter sur une reprise en main de la situation par le haut commandement. La période antibolchevique qui a suivi les émeutes de juillet est terminée. La balance politique penche résolument à gauche. Kerenski est prisonnier des extrémistes. Un chef aux mains liées. Les Allemands ont occupé Riga. Le cours du rouble s'effondre. On a doublé le prix du pain. D'ailleurs on n'en trouve guère. De nombreuses familles quittent Petrograd. Celles qui restent se restreignent. Certains amateurs d'art, à bout de ressources, vendent leurs objets les plus précieux. Les Borissov se sont séparés de leur calèche, de leurs chevaux et ont décidé de congédier une partie de leur personnel. Les premiers domestiques à partir sont le chauffeur, le cocher et le valet de chambre Igor. En faisant leurs adieux, ils ont des visages de froide révolte, de mépris haineux. Tout à coup, ils sont devenus nos ennemis. Ne restent à la maison que Pulchérie, Aniouta, le cuisinier et moi. Puis, c'est le cuisinier qui nous quitte. Il dit des insolences à Madame. Pulchérie le remplace aux fourneaux. Elle s'en tire, ma foi, très honorablement. J'ai peur d'être bientôt, moi aussi, remerciée. Mon rôle, ici, n'est pas indispensable. Où irais-je si je me retrouvais demain à la rue ? Personne n'a plus besoin d'une gouvernante, en Russie. Alors quoi, retourner en France ? Certes, j'aurais l'immense joie de retrouver ma mère. Mais, après l'avoir vue, je me sentirais, j'en suis sûre, toute décontenancée, toute bête, avec au cœur une inguérissable nostalgie. Décidément, ce pays de sauvages m'accapare plus que je ne le supposais. Maxime continue à donner des leçons à Georges et à Anatole. Un matin, alors qu'il en a fini avec eux, j'entre dans la chambre et, au milieu d'une conversation banale, lui fais part, tout à trac, de mes craintes. Il me regarde avec stupeur et me demande la permission de m'accompagner chez moi pour me parler seul à seul. C'est la première fois que je le reçois dans cette petite pièce qui est mon domaine secret. Je m'assieds au bord du lit, lui sur la chaise. Il paraît bouleversé, noue les mains devant sa poitrine, fait craquer ses doigts et soudain s'écrie :

— Et vous, mademoiselle Geneviève, avez-vous envie de partir ?

— Non, dis-je.

— Malgré la folie furieuse qui secoue la Russie ?

— Je me suis attachée à votre pays... Je m'y sens parfaitement à l'aise... Mais évidemment, si Olga Lvovna décidait que les enfants n'ont plus besoin de moi...

— Vous trouveriez une autre place !

— Vous savez bien que non.

— Il n'est pas possible que vous nous quittiez... Je vous supplie de ne pas le faire !...

Sa voix est enrouée. Ses yeux plongent en moi avec une sorte d'imploration puérile. Je suis émue de constater à quel point je lui suis nécessaire. Il est tellement supérieur à moi par l'intelligence, par l'instruction, et cependant le voici qui tremble à l'idée de me perdre. Et moi non plus je ne puis envisager sans mélancolie une séparation définitive. Je balbutie :

— Tant que je le pourrai, je resterai, je vous le promets... Mais cela ne dépend pas exclusivement de moi... Il y a les événements, il y a Olga Lvovna...

— Je lui parlerai... Elle m'écoutera... Quant aux événements, ils vont dans le bon sens... Nous nous en tirerons, vous verrez...

Il me prend les mains et se penche en avant. Ses yeux brillent d'une gratitude insensée. Je sens sur mon visage son souffle de fièvre.

— Vous êtes quelqu'un d'extraordinaire, Geneviève, dit-il. Votre droiture, votre simplicité, votre courage... Quand je pense à vous, tout s'éclaire...

Les enfants frappent à la porte. Il est temps de passer à table. Maxime reste pour le déjeuner, mais Alexandre Serguéïevitch est retenu au bureau. Olga Lvovna raconte que Pulchérie a pu se procurer du chocolat en le payant dix-huit roubles la livre à des soldats, lesquels, ne sachant à quoi occuper leurs journées, font la queue devant les magasins et ensuite revendent très cher les denrées achetées aux prix officiels. Grâce à ce tour de passe-passe, nous avons droit à un dessert somptueux. Les enfants se gavent. Maxime, lui aussi, fait honneur au plat préparé par la *niania*. Après le repas, comme il s'apprête à nous quitter pour se rendre à son journal, Olga Lvovna l'interroge sur les derniers développements de la politique. Il avoue qu'un conflit lui paraît inévitable entre les bolcheviks et le gouvernement. Lénine, réfugié à Vyborg, sur la frontière russo-finlandaise, ne cesse, par ses écrits, d'exciter ses camarades à la rébellion. Et la population est exaspérée par le manque de ravitaillement et la hausse vertigineuse du coût de la vie.

— Mais Kerenski a des troupes sûres, affirme Maxime. Il tiendra bon, comme en juillet.

Et il me lance un regard de joyeuse confiance qui, sur le moment, me réconforte.

Le lendemain, 25 octobre, je déchante. Dans la nuit, les bolcheviks, sur l'ordre de Lénine revenu brusquement d'exil, ont déclenché la révolution. Les régiments insurgés et les gardes rouges ont pris position dans la capitale, sans effusion de sang. Ils occupent le télégraphe, les gares, les établissements d'Etat. Kerenski s'est enfui, soi-disant pour ramener des troupes fidèles. Lénine proclame la destitution du gouvernement provisoire et la prise du pouvoir par le Comité militaire révolutionnaire. Le Soviet fait répandre des proclamations annonçant la paix immédiate et le partage des terres. La ville est calme. Des patrouilles circulent nonchalamment. Maxime, qui vient nous voir en coup de vent, croit que les bolcheviks, ayant réussi leur affaire, vont se montrer moins redoutables en actes qu'en paroles. Il ne fait aucune allusion à notre conversation d'hier, en tête à tête. La timidité le paralyse. C'est tout juste s'il ose me regarder en face. Je le comprends. Moi aussi, je suis d'un naturel réservé. Sans doute est-ce pour cela qu'il y a entre nous une entente secrète. Je ne demande pas autre chose que cette harmonie de sentiments dans le respect mutuel et le silence.

La nuit, je suis tirée de mon sommeil par une fusillade nourrie. Soudain, des coups de canon. Réveillés en sursaut, les enfants veulent courir aux fenêtres. Je le leur interdis et les recouche, tant bien que mal. Le matin, Alexandre Sergueïevitch apprend par téléphone que les bolcheviks ont donné l'assaut au palais d'Hiver, où quelques ministres du gouvernement provisoire avaient trouvé refuge. Les vaillants junkers et le bataillon de femmes qui défendaient l'édifice ont été massacrés ou faits prisonniers. Le croiseur *Aurore*, ancré au milieu de la Néva, a tiré sur le palais. Et, à deux heures du matin, les ministres, arrêtés par les assaillants, ont été conduits à la forteresse Saint-Pierre-et-Saint-Paul. Voilà, c'est fini. Une autre Russie commence. La populace saccage le palais d'Hiver. Les gardes rouges font la chasse aux élèves officiers et les abattent froidement. Kerenski n'a plus aucune chance. Son projet de reconquérir Petrograd avec des troupes loyales a échoué lamentablement et les cosaques qu'il avait rassemblés se sont repliés au-delà de Gatchina. Le congrès des Soviets a approuvé la formation du premier gouvernement révolutionnaire, dénommé Conseil des commissaires du peuple, et en a confié la présidence à Lénine.

Du coup, la belle confiance d'Alexandre Sergueïevitch est ébranlée. Il redoute une recrudescence des troubles. Maxime, lui, n'y croit pas. Déçu par Kerenski, il est persuadé maintenant que Lénine, qui a l'appui du peuple, saura apaiser les esprits, rétablir l'ordre et obtenir de l'Allemagne la signature d'un armistice raisonnable. Et de fait, rien n'a changé, en apparence, dans la ville. Les tramways circulent normalement et, dans les files qui s'allongent devant les magasins, les gens ne paraissent pas plus hargneux qu'avant. Des soldats bivouaquent aux carrefours devant des braseros. Les fusillades ont cessé. Pourtant l'angoisse demeure. Un décret a été publié réglementant l'attribution des terres aux paysans et supprimant la propriété privée. Mais, comme dit Alexandre Sergueïevitch, ce ne sont que des mots destinés à tromper l'appétit des masses. Il continue de se rendre à son bureau. Par habitude plus que par nécessité, car les affaires sont inexistantes. Qui, aujourd'hui, achèterait des machines industrielles ou agricoles ? Les bureaux sont à moitié vides. On paie les employés à se croiser les bras. Maxime, lui, est inquiet pour la survie de son journal. *L'Aube du Nord* sera-t-elle jugée assez « à gauche » par les commissaires du peuple ? Le régime bolchevique repose sur deux hommes : Lénine et Trotski. Leurs noms reviennent sans cesse dans les conversations. Dans toutes les grandes villes de Russie, à commencer par Moscou, le pouvoir des Soviets se consolide. Pourtant, jusqu'à présent aucun pays occidental n'a encore reconnu le nouveau gouvernement. D'après Maxime, cela ne saurait tarder. Il pense que la France donnera l'exemple. J'écris lettre sur lettre à ma mère. Et tout à coup, miracle, une réponse m'arrive, vieille de trois semaines. Tout va bien. Le moral est bon et la santé aussi. Elle me parle de plusieurs victoires françaises. Je le savais déjà par les journaux, mais je me réjouis de nouveau parce que j'en lis la confirmation sous sa plume. Je couvre de baisers ces trois pages marquées d'une écriture régulière. J'ai envie de crier : « Vive la France ! » Et je me sens si seule soudain, dans cette maison étrangère, au milieu d'un peuple à peine civilisé dont je parle mal la langue et dont le passé et la foi ne sont pas les miens. Je fonds en larmes. Puis je me ressaisis, je bassine mon visage à l'eau froide et je me dis que demain matin Maxime reviendra chez nous pour donner sa leçon quotidienne aux enfants, que cette famille est devenue ma famille, que je suis jeune, forte et que, dans ces conditions, quoi qu'il arrive, je ne dois pas craindre l'avenir.

La première neige, encore légère, enveloppe la ville, qui se fige sous un ciel de plomb. De minces glaçons dérivent sur la Néva. Dans cette blancheur blafarde, les drapeaux rouges mettent une note d'insolente gaieté. Les tramways, également rouges, glissent dans les rues en tintinnabulant. On bat la semelle dans les queues, devant les magasins. Comme Olga Lvovna s'oppose toujours à ce que les enfants sortent se promener, ils prennent l'air, avec d'autres enfants du quartier, dans la cour de l'immeuble. Ce confinement agit sur leur caractère. Anatole pleure pour un rien, Georges se montre irritable, effronté, moqueur. Je suis obligée parfois de le punir en lui donnant des lignes à copier dans son livre de lecture. Il accepte mes remontrances avec un sourire de défi :

— Ce n'est pas difficile à faire, Mademoiselle : j'en ai pour dix minutes !

— La prochaine fois, je vous en donnerai le double.

— Comme vous voulez, Mademoiselle. Ça ne me gêne pas, ça m'occupe...

Il a la réplique facile. Je me retiens pour ne pas lui taper sur les doigts. Mais, à part moi, j'admire sa dureté impertinente. Avec cette trempe, il sera sûrement un homme de décision. Anatole, en revanche, est toute douceur, toute mollesse. Il se réfugie volontiers dans mes bras. Devant lui, je me sens presque mère. Il balbutie :

— Je vous aime tellement, Mademoiselle !

Georges ricane et singe son frère en zozotant :

— Ze vous aime tellement, Mademoizelle !

Anatole renifle et avance une lèvre pleurarde. Je le presse contre moi et dis sévèrement à Georges :

— Pourquoi êtes-vous si taquin avec Anatole ?

— Parce que c'est une poule mouillée ! grogne Georges, les sourcils noués, le regard fielleux.

Je mets fin à la dispute en les installant l'un et l'autre devant un jeu de l'oie. Normalement, à cette heure-ci, ils devraient prendre leur leçon avec Maxime. Mais cela fait quatre jours qu'il ne vient plus nous voir. Je suis inquiète et le dis à Madame. Elle me répond avec un haussement d'épaules :

— Il doit être trop pris par les discussions politiques avec ses amis du journal !

Il y a un tel dédain dans sa voix que j'en suis blessée. Comment peut-elle mépriser un être de cette qualité ? Après le déjeuner, pendant que Georges et Anatole font la sieste, je décide, sur un coup de tête, d'aller aux nouvelles. Je n'en dis rien à personne, pour éviter les commentaires, et confie à Pulchérie le soin de s'occuper des enfants s'ils se réveillent avant mon retour. Maxime m'a donné son adresse, mais je ne lui ai jamais encore rendu visite. Il habite dans une petite rue, près du canal Obvodny, à l'ombre de l'hospice Nicolas. J'y vais en tramway, puis à pied. La maison est de belle apparence. Mais, comme je veux entrer par la porte principale, qu'on appelle ici « porte de parade », le portier m'arrête et me signifie que je dois prendre la « porte noire », autrement dit l'escalier de service. Maxime Fedorovitch loge au quatrième étage, corridor 3, porte 27.

Les marches étroites et branlantes sont encombrées de détritus. Je me perds dans un dédale de couloirs sombres. Des rumeurs de voix traversent les murs. L'air sent l'oignon, la graisse chaude et l'urine. Deux étudiants débraillés, les cheveux longs, la casquette sur l'oreille, passent en courant et me bousculent.

Une femme en fichu va déverser un seau d'eau sale dans un trou de vidange, ouvert à même le plancher. J'ai du mal à déchiffrer les numéros sur les portes. Je supposais bien que Maxime ne vivait pas dans le luxe, mais cette misère, brusquement révélée, me soulève le cœur et m'indigne. Comme il doit souffrir lorsqu'il quitte son taudis pour l'appartement cossu des Borissov où il est reçu en parent pauvre ! Enfin voici le numéro 27. Je frappe au vantail. Une voix enrouée me répond :

— Entrez !

La première chose que j'aperçois en franchissant le seuil, c'est un petit lit de fer où, sous un amas de couvertures et de chiffons, repose un homme au visage mal rasé, au regard ardent et au crâne coiffé d'un bonnet de laine tricotée grise, à oreilles. Maxime se dresse sur ses coudes et bredouille :

— Oh ! pourquoi êtes-vous venue ? Il ne fallait pas !

— Vous êtes malade ?

— Oui. Une sale bronchite. Mais je tousse déjà moins. Il m'était impossible de vous prévenir. Dans trois ou quatre jours, j'espère pouvoir reprendre mes leçons. Ma tante doit être furieuse. Vous lui expliquerez. C'est elle qui vous envoie ?

— Non, dis-je en rougissant.

— Alors, c'est encore mieux ! s'écrie-t-il. Asseyez-vous.

Il me désigne l'unique chaise dont la paille est toute déchiquetée. Ses yeux scintillent. Il a le feu aux joues.

— Vous voyez, reprend-il, ce n'est pas somptueux, mais tout à fait suffisant pour moi. Je dors ici et je travaille dans la pièce à côté.

Mon regard parcourt la chambre aux murs craquelés et marqués de traînées humides. Le poêle est éteint, avec un tas de cendres devant le portillon de fonte. Un froid glacial me prend aux épaules. Par terre, sur une pellicule de poussière, gisent des journaux, des livres, des papiers couverts d'une écriture fine. Mon cœur se serre de commisération et, en même temps, je songe que cette fierté dans l'indigence est le signe d'une âme noble et que Maxime, pour être lui-même, se doit de mépriser le confort alors que le commun des mortels s'échine à le conquérir. La porte est ouverte sur la pièce voisine. Par l'entrebâillement, je vois encore des livres sur des rayons, une table de bois blanc, une icône et, au mur, des photographies de Tolstoï, de Tchekhov et de la nouvelle idole littéraire russe : Gorki.

— Je ne peux pas vous offrir de thé, dit-il, je n'en ai plus.

— Avez-vous au moins consulté un médecin ?

— A quoi bon ? Il me prescrirait des médicaments et les pharmacies sont depuis longtemps dévalisées. Je me soigne en restant au lit. La fièvre est tombée d'elle-même. Vous avez devant vous un convalescent...

Il me sourit, et ses dents blanches brillent d'un éclat juvénile dans sa barbe noire naissante.

— Ce qui me préoccupe, ce n'est pas ma santé, dit-il, c'est la politique. Comment avez-vous trouvé la ville en venant ?

— Calme, sale, avec des passants aux mines résignées et des soldats à tous les coins de rues.

— Je crois que nous avons atteint le paroxysme du dénuement. Les choses ne peuvent aller qu'en s'améliorant. Vous savez que les pourparlers d'armistice ont déjà commencé. Si les Allemands ne se montrent pas trop gourmands, la paix sera vite conclue.

— Une paix séparée, dis-je, qui livrera la France à l'envahisseur.

— Non, Geneviève. Une paix générale. La seule qui soit concevable. Une paix à laquelle participeraient les gouvernements alliés...

— Dieu vous entende !

— Cette paix, s'ils l'obtiennent, assurera l'hégémonie des bolcheviks. J'espère toutefois qu'un tel succès ne leur montera pas à la tête. En vérité, ils m'inquiètent un peu. Depuis leur victoire, ils manifestent une mentalité d'autocrates. Tout doit plier devant leur volonté. Je crains même que notre journal, bien qu'orienté à gauche, ne soit supprimé parce qu'il n'applaudit pas systématiquement aux initiatives du nouveau pouvoir... Pour moi, ce serait horrible... Comme si on me mettait un bâillon sur la bouche... Et puis il y a le risque de démembrement du pays... La Finlande a proclamé son indépendance et demandé aux gouvernements étrangers de la reconnaître. D'autres provinces, aux tendances nationalistes, suivront. La Russie tombera en miettes. Il faudra beaucoup de courage et d'habileté à Lénine et à Trotski pour d'une part conserver l'héritage territorial des tsars et d'autre part éviter que la tyrannie populaire ne remplace la tyrannie impériale. Tout bouge, tout change, nous sommes les témoins d'une époque passionnante...

— Les témoins ou les victimes ?

— Les témoins, Geneviève, les témoins, j'en suis sûr ! dit-il en me prenant la main.

La sienne est sèche, brûlante. Je murmure :

— Vous ne pouvez pas demeurer ainsi, Maxime. Je vais vous apporter du thé, des biscuits, un peu de bois pour vous chauffer...

— Je n'ai besoin de rien. Mon voisin, un gardien de nuit, me ravitaille. Il brise les palissades et revient avec des planches. Nous partageons. Je fais un peu de feu tous les matins. D'ailleurs, je vais me lever demain, ou même ce soir...

— Non, restez bien au chaud sous vos couvertures, c'est ce que vous avez de mieux à faire, dans votre état.

Je lui dis cela avec la même autorité maternelle que si je m'adressais à Georges ou à
Anatole.

Et soudain je m'aperçois que je me trouve
seule avec un homme, dans sa chambre. Un
homme qui, du fond de son lit, sous son bonnet
de tricot, me regarde avec des yeux émerveil-
lés comme si j'étais une apparition céleste. Un
homme barbu, ridicule, mal lavé, misérable.
Confuse, je balbutie :

— Il est tard. Je dois partir. Soignez-vous
bien. Guérissez vite...

— Vous reviendrez ?

— Je ne sais pas... Oui... Peut-être...

— Vous m'avez dit que vous m'apporteriez
du thé...

Déjà je suis dans le couloir. Dehors, un vent
âpre s'est levé et éparpille la neige en poussière opalescente. On dirait que c'est le sol qui
fume dans le froid. Je marche avec difficulté
sur les trottoirs verglacés que personne ne
prend plus la peine de saupoudrer de sable. De
retour à la maison, je me rends au salon où
Olga Lvovna travaille mélancoliquement à sa
tapisserie et lui dis tout de go :

— Maxime Fedorovitch est malade.

— Comment le savez-vous ?

— Je suis allée chez lui.

Elle redresse le buste et reste l'aiguille suspendue dans le vide, l'œil interrogateur :

— Pour quoi faire, Mademoiselle ?

94

— Il y a quatre jours qu'il ne vient plus pour les leçons. J'étais inquiète. Et non sans raison. Il manque de tout. Je voudrais lui apporter un peu de ravitaillement...

— Bien sûr ! J'aurais dû y penser ! Je vais envoyer Pulchérie !

— Je préfère y retourner, moi !

— Comme vous voulez.

Elle n'a pas l'air fâchée. Cependant son regard me perce à jour. Je sais que je me compromets à ses yeux en m'occupant ainsi de Maxime, mais je me moque de son opinion. Il me semble qu'en ces temps de troubles tout est permis dans la vie privée comme dans la vie publique. Je me sens libre de mes mouvements, libre de mes pensées.

Le lendemain, je rends de nouveau visite à Maxime. Dans mon cabas, une boîte de thé, une bouteille de lait, une bouteille de vin, du pain et des tranches de viande froide. Il me reçoit debout, en manteau, un plaid sur les épaules, la tête coiffée de son bonnet de laine et les pieds dans des bottes de feutre. En découvrant la nourriture, il exulte et se met aussitôt à table. Il n'a pas mangé depuis la veille. Je m'assieds sur le lit et le regarde engloutir. Mais il ne finit pas la viande. Il en garde pour les jours suivants et range les restes sur le rebord de la fenêtre, à l'extérieur, dans une caissette.

— Quel festin ! dit-il. Je me croyais chez les Borissov. Comment vont les enfants ?

— Très bien. Ils s'ennuient de vous. Ils se demandent quand vous reviendrez.

— Après-demain, peut-être.

— Ce n'est pas très prudent !

— Mais si, mais si... Je suis plus solide qu'il n'y paraît...

Je ne puis m'empêcher de dire :

— Tout le monde sera très heureux de vous revoir.

Il s'assied à côté de moi sur le lit et m'entoure les épaules de son bras. Une peur panique me saisit. Ne va-t-il pas tout gâcher ? Vite, je me dégage et prétexte l'heure tardive pour partir. Dans la rue, je me surprends à regretter cette fuite précipitée. Mais je suis si heureuse dans nos relations de mutuelle estime que je ne veux pas en changer.

Le surlendemain, il reparaît, selon sa promesse, chez les Borissov et la vie de la maison reprend son cours normal. Mais bientôt de nouvelles perturbations nous secouent. Les soldats, qui règnent en maîtres dans la ville, se livrent à présent au pillage des caves. Ils forcent les portes, débouchent les bouteilles, tirent des coups de feu en l'air pour éloigner les passants. Bien entendu, ils ne reconnaissent aucune hiérarchie. Les officiers sont élus par eux et ne portent plus d'insignes. Ils ont peur de leurs hommes et les laissent faire. Heureusement, notre cave n'a pas encore été visitée. En revanche, un groupe de gardes rouges se présente pour perquisitionner chez nous. Ils recherchent des armes. La face rogue, le bonnet enfoncé jusqu'aux yeux, ils passent d'une pièce à l'autre, ouvrent les tiroirs, les armoires, interrogent les domestiques. Olga Lvovna, livide de terreur, reçoit le chef de la bande assise dans le salon, avec ses enfants auprès d'elle. Je me tiens debout derrière son fauteuil. Le chef, une brute au nez écrasé et aux petits yeux haineux, nous interpelle :

— Où sont les armes ?

— Nous n'en avons pas ! bredouille Olga Lvovna.

— Votre mari en a !

— Non.

— Où se cache-t-il ?

— Il ne se cache pas : il est à son bureau.

— Les bourgeois vont au bureau pendant que les soldats se font tuer à la guerre !

— Vous ne faites plus la guerre, dis-je avec douceur.

— Qui êtes-vous ? interroge l'homme en pointant le doigt sur ma poitrine.

— La gouvernante des enfants.

— Vous n'êtes pas russe.

— Non, française.

— Et vous mangez notre pain ?

— J'enseigne le français à ces deux garçons.

— Ils n'en auront pas besoin dans l'avenir. Le règne des bourgeois est terminé. Ils ont sucé le sang du peuple. A leur tour de courber le dos !

Les soldats reviennent dans le salon après avoir inspecté tout l'appartement.

— Rien de suspect, dit l'un d'eux.

Il tient à la main une paire de bottes appartenant à Alexandre Sergueïevitch. Un autre a un petit tapis caucasien roulé sous le bras.

— Qu'allez-vous faire de ça ? demande Olga Lvovna.

— Nous l'emportons.

— Pourquoi ?

— Pour vérification ! dit le chef d'un ton péremptoire.

Cette réponse absurde nous coupe le souffle. Ils s'en vont enfin, laissant derrière eux une odeur de suint.

Olga Lvovna fond en larmes.

— Vous avez été parfaite, dis-je.

— Ils reviendront ! gémit-elle. Je suis sûre qu'ils reviendront !

— Ils sont vraiment méchants ou ils font semblant ? demande Anatole.

Je le rassure :

— Ils font semblant.

Mais Georges ricane :

— Ce sont des bolcheviks ! Il faudrait tous les tuer ! Ta, ta, ta...

Il fait mine de tirer sur son frère avec une

mitrailleuse. Anatole lève un bras pour se protéger. Je les emmène dans leur chambre.

Alexandre Sergueïevitch revient au crépuscule, fatigué d'avoir dû marcher dans la neige depuis le bureau jusqu'à la maison. Olga Lvovna lui raconte l'intrusion des gardes rouges. Lui, d'habitude si tolérant, fronce les sourcils et soupire :

— Nous sommes livrés au bon vouloir de la populace. Si une autorité de fer ne se manifeste pas bientôt, la Russie est perdue. J'en viens à souhaiter l'arrivée des Allemands. Qu'ils occupent Petrograd, et l'ordre sera immédiatement rétabli. Eux au moins savent ce que c'est que la discipline !

Je l'écoute, les larmes aux yeux, en pensant à la France. Toujours pas de lettre de ma mère. D'après les journaux russes, tout le monde, à Paris, ne jure que par Clemenceau. Et ici, en qui devons-nous espérer ? En Lénine, en Trotski ? Que font les anciens généraux ? Qu'est devenu le tsar ? J'ai la tête à l'envers. Je regrette, par moments, de n'avoir pas la foi d'une militante bolchevique. Au moins, je ne me poserais pas de questions.

Une chape de tristesse et de crainte s'appesantit chaque jour sur nos épaules. Les bolcheviks ont ordonné la création de « comités d'immeuble » chargés de donner tous les renseignements sur les habitants de la maison, la surface qu'ils occupent, leurs moyens de subsistance, la catégorie sociale à laquelle ils appartiennent et les objets vestimentaires dont ils disposent. Ces inventaires sont adressés à la Commune de Petrograd et servent, paraît-il, à préparer la distribution des biens aux plus nécessiteux. Les membres du « comité d'immeuble » sont élus par les locataires. Chez nous, c'est le fils du portier, Pétia, un gaillard de trente ans, naguère ouvrier aux usines Poutilov, aujourd'hui sans emploi, qui est « président » du comité. Ce n'est pas un mauvais bougre. Quand il n'est pas ivre, il se montre même d'un abord jovial. Officiellement, il est responsable de l'ordre devant le délégué du soviet de quartier. Alexandre Sergueïevitch leur a graissé la patte à tous les deux pour que nous ne soyons pas inquiétés. Notre force dans cette débâcle, c'est encore l'argent. Certes, les billets de banque imprimés du temps de Kerenski perdent chaque jour de leur valeur et les prix s'envolent. Mais Alexandre Sergueïevitch a eu l'habileté d'acheter des pièces d'or avant le début des troubles. D'après Pulchérie, qui est la confidente de la famille, il les a dissimulées sous des lattes de parquet, derrière des glaces, dans des tiroirs à double fond. De temps à autre, il en change quelques-unes, au cours le plus haut, contre du papier-monnaie. Cela nous permet de ne pas mourir de faim et de froid. Sur le marché officiel, les rations alimentaires ont été encore réduites. Les ouvriers reçoivent deux cents grammes de pain par jour, plus deux œufs, de la graisse et des légumes secs. Les fonctionnaires travaillant dans des bureaux disposent de cinquante grammes de pain par jour et de la moitié de la ration en légumes secs accordée aux ouvriers; les intellectuels, les professeurs, les employés divers touchent également cinquante grammes de pain par jour, mais encore moins de denrées accessoires; quant aux bourgeois, comme nous, ils doivent se contenter de vingt-cinq grammes de pain par jour, à l'exclusion de toute autre nourriture. Encore ce pain est-il un aggloméré noirâtre et infect de paille et de tourteaux. Heureusement, les marchands clandestins se glissent dans la cour de l'immeuble, à l'approche du soir. Le portier ferme les yeux. Le délégué du soviet de quartier regarde ailleurs. Et Pulchérie, qui est chargée du ravitaillement, achète au prix fort, à la sauvette, tout ce dont la famille a besoin. Parfois, les gardes rouges arrêtent quelques-uns de ces commissionnaires furtifs. On confisque leur marchandise. On en fusille deux ou trois pour l'exemple. Mais l'appât du gain est le plus fort. D'autres trafiquants surgissent dans la cour, avec leur besace sur le dos. Toute la ville vit d'expédients. Il y a même encore des restaurants où l'on mange comme autrefois. Pour changer les idées d'Olga Lvovna qui sombre dans la neurasthénie, Alexandre Sergueïevitch l'emmène dîner chez Contant. Je la vois avant son départ. Elle est très belle, dans une robe bleu turquoise à incrustations de dentelle noire. Mais, par prudence, elle ne met pas de bijoux. Juste un rang de perles pour rehausser l'éclat de la peau. Si jamais des gardes rouges surgissaient pendant le repas... Tous deux reviennent du restaurant à la fois enchantés et gênés. Le lendemain, ils me racontent leur soirée en détail. L'orchestre de Goulesco jouait des airs endiablés pour faire oublier aux convives les horreurs de la rue. Dans la salle, tout le monde affichait une gaieté factice. Soudain, des gardes rouges ont fait irruption entre les tables, revolver au poing et grenades à la ceinture. Le directeur de l'établissement leur a servi à boire et leur a distribué quelques billets de banque qu'ils ont empochés en ricanant. Ils ont ordonné à Goulesco de jouer *L'Internationale*. Celui-ci s'est aussitôt exécuté. Après quoi, ils sont partis sans molester les clients. Alexandre Sergueïevitch trouve que ces dîners élégants, en musique, sont un défi aux révolutionnaires. Moi, je les considère comme une scandaleuse provocation envers la majorité de la population qui manque de tout. Car ils sont de plus en plus nombreux, parmi les bourgeois, ceux qui doivent vendre leurs meubles, leurs objets d'art, leurs vêtements pour survivre. On en voit dans les rues, assis sur un tabouret, avec, à leurs pieds, au milieu d'une carpette, des bibelots, des tabatières, des éventails, des souvenirs de famille. Ils interpellent les passants avec des voix honteuses. Parfois un ouvrier ou un soldat s'arrête devant eux, tire quelques roubles de sa poche et s'offre avec superbe un vestige du temps des tsars. D'ailleurs, bientôt les grands froids et le vent venu du nord dispersent les marchands d'occasion. Je n'ai jamais vu autant de neige. Personne ne songe à déblayer les rues. Marcher sur les trottoirs est une acrobatie dangereuse. Les tramways sont arrêtés. Les rares fiacres qui circulent encore, traînés par des chevaux squelettiques, doivent escalader des bosses et glisser dans des trous. Nous n'avons plus de bois. Le portier veut bien nous vendre quelques caisses pour alimenter les poêles. Cela nous permet de chauffer les chambres deux heures par jour. Le reste du temps, nous grelottons. La toilette à l'eau glacée est expédiée en un tournemain. Georges et Anatole en sont ravis. Nous dormons tout habillés. Alexandre Sergueïevitch a procédé au tri des meubles pour déterminer ceux qu'on pourrait utiliser comme combustible quand le portier n'aurait plus de caisses à nous fournir. Maxime est très contrarié parce que les pourparlers de paix, à Brest-Litovsk, traînent en longueur. Il met tout son espoir dans la convocation, au mois de janvier 1918, d'une Assemblée constituante, élue par le peuple comme dans les vraies démocraties. D'après lui, si les bolcheviks n'obtiennent pas la majorité dans cette assemblée, ils devront s'incliner devant la coalition des autres partis et la politique du pays s'orientera vers un plus grand libéralisme. Alexandre Sergueïevitch partage son avis et voit déjà à la tête de la Russie un gouvernement socialiste, certes, mais respectueux des règles républicaines et qui ne serait pas déplacé en France ou en Angleterre. Les événements semblent d'abord leur donner raison à tous deux. Le résultat des élections, connu dès le début de janvier, montre que les députés bolcheviks sont en minorité : un quart de l'assemblée environ. Ce sont les socialistes-révolutionnaires qui forment la plus grande partie de la Constituante, allant, avec des nuances, depuis la droite jusqu'au centre-gauche. A la maison, c'est une explosion de joie. Alexandre Sergueïevitch fait ouvrir une bouteille de champagne. Je trinque avec Maxime, les yeux dans les yeux. Mais notre enthousiasme est de courte durée. Dès le lendemain, l'Assemblée constituante, refusant d'entériner certains décrets pris par le gouvernement des Soviets, est dissoute sur ordre de Lénine. Les matelots du service de sécurité dispersent les parlementaires ahuris. Une manifestation de citoyens qui tentent de protester contre cet acte dictatorial est violemment réprimée par la troupe. Il y a des morts et des blessés dans la foule. Surtout parmi les porteurs de drapeaux et de pancartes qui marchent en tête. Ainsi, bien que minoritaires dans le pays, les bolcheviks entendent le diriger à leur guise. Et, comme ils ont pour eux les soldats et les ouvriers, le reste de la population doit se soumettre. La légalité, la volonté nationale sont pour eux lettre morte. Ils ont créé une police politique, la Tchéka, qui siège dans les caves de l'institut Smolny et pourchasse les socialistes-révolutionnaires de droite, les mencheviks et, d'une façon plus large, les notables.

Enfin ils interdisent tous les journaux, à l'exception des journaux bolcheviques. *L'Aube du Nord* est suspendue et son directeur arrêté pour la tiédeur de ses opinions. Maxime est désespéré. Alexandre Sergueïevitch tente de le réconforter en lui affirmant qu'il s'agit là d'une interruption temporaire. Maxime secoue la tête :

— C'est cent fois pire que la censure tsariste !

Depuis quelque temps, on parle beaucoup des efforts de certains généraux — Kalédine, Kornilov, Alexeïev — pour rassembler en province des troupes hostiles au nouveau régime. Ce sont surtout des cosaques, des officiers, des junkers qui composent cette armée de volontaires. Ils sont animés d'une ardeur sauvage et tiennent tête avec succès aux régiments bolcheviques envoyés contre eux. Arriveront-ils jusqu'ici ? C'est peu probable. Mais, dans les églises, nombreux sont ceux qui prient secrètement pour leur victoire. Ainsi la paix avec l'Allemagne n'est pas encore signée et voici que la guerre civile ensanglante ce malheureux pays.

Chaque jour apporte un nouveau choc. Un décret des bolcheviks vient d'ordonner à tous les habitants d'enlever la neige devant leur maison. Pétia, le président de notre « comité d'immeuble », nous signifie que notre tour est arrivé. Je me porte volontaire avec Pulchérie.

Le concierge nous fournit les pelles. Plantées côte à côte devant le porche, nous déblayons le trottoir, tant bien que mal, en jetant la neige dans le caniveau. J'ai mis un vieux manteau, chaussé des bottillons fourrés et coiffé mes cheveux d'un simple fichu, comme une femme du peuple. D'autres bourgeois s'escriment ainsi, maladroits et peureux, tout au long de la rue. Des professeurs, des industriels, des femmes du monde... Ce travail de force me donne chaud et m'amuse. Deux gardes rouges nous observent d'un œil narquois. L'un d'eux nous dit :

— A votre tour d'avoir les mains calleuses !

Pulchérie se rebiffe :

— Je n'ai pas attendu votre sale révolution pour travailler de mes mains !

L'homme fronce les sourcils et tapote d'un doigt l'étui de son revolver :

— Attention à ce que tu dis, camarade. Si tu es une travailleuse, tu dois être avec nous. Ou alors, tu es pire que les bourgeois qui t'emploient. Quel est ton métier ?

— Je suis bonne d'enfants.

— Bref, tu torches les morveux des autres ?

— Oui.

— Et tu trouves que c'est digne d'une femme russe ?

— Je l'ai toujours fait et je m'en trouve bien.

— Qui sont tes patrons ?

— Ça ne te regarde pas, fils de chienne !

Je crains que la discussion ne s'envenime. Mais l'autre garde rouge éclate de rire :

— Laisse-les ! Qu'elles déblaient la rue, c'est tout ce qu'on leur demande.

Nous achevons notre besogne sans autre incident.

Le soir, après le dîner, Alexandre Sergueïevitch et Olga Lvovna me convoquent dans le salon. Ils ont l'air grave et résolu. Elle est assise dans un fauteuil devant sa tapisserie, lui se tient debout derrière elle, les mains posées sur le dossier du siège. Il a maigri, ces derniers temps. Ses traits se sont creusés. Son regard a perdu ce pétillement allègre qui le faisait paraître plus jeune que son âge.

— Ça ne peut plus durer ! dit-il. D'après mes renseignements, la vie à Petrograd va devenir tout à fait impossible. Nous avons décidé de partir.

Assommée par cette nouvelle, je balbutie :
— Pour aller où ?

— A Yalta. Notre villa nous servira de refuge, le temps que la situation s'éclaircisse.

Immédiatement je songe à la séparation avec Maxime. Il n'est rien pour moi et cependant je ne puis accepter l'idée de ne plus le voir. S'il venait à me manquer, il me semble que la vie perdrait à mes yeux toute couleur. Dans un éclair, je me dis que je préfère encore la famine, la crasse, la terreur de Petrograd aux lumineuses journées de Yalta. Le souffle entrecoupé, le cœur battant vite, je bredouille :

— Mais il est pratiquement impossible de voyager en Russie, à l'heure qu'il est...

— Tout s'arrange avec de l'argent, réplique-t-il. Je me suis entendu avec un commissaire du peuple compréhensif qui me fournira les sauf-conduits nécessaires. Un haut fonctionnaire de l'administration des chemins de fer m'a promis, de son côté, des billets de train jusqu'à Kharkov, via Moscou. Après, nous nous débrouillerons. Je sais que cette randonnée sera pénible et même périlleuse. Mais tout vaut mieux que de croupir ici...

Je rassemble mon courage et dis faiblement :

— Si vous le permettez, j'aimerais ne pas vous accompagner...

En même temps, je pense à Georges et à Anatole qu'il me faudra quitter et un sanglot se gonfle dans ma poitrine. Alexandre Sergueïevitch lisse d'un doigt léger sa moustache de soie blonde. C'est un geste qui lui est habituel dans les moments de réflexion.

— Eh bien, nous voici d'accord, répond-il. Nous comptions justement vous dire que nous ne pouvons pas vous emmener. Nous ne sommes déjà que trop nombreux à nous déplacer ! Pulchérie viendra avec nous pour s'occuper des enfants. Et vous resterez ici, dans l'appartement, comme gardienne des lieux. J'avais d'abord songé à Maxime pour cette mission délicate. Mais il est d'un caractère si bizarre et il a de si étranges fréquentations !... Avec vous, nous serons plus tranquilles. Vous veillerez sur nos meubles, du moins sur ce qu'il en reste. Nous vous faisons entière confiance. Bien entendu, je vous laisserai une somme suffisante pour couvrir vos dépenses. Dès que les choses iront mieux en Russie, nous reviendrons et vous reprendrez vos fonctions auprès de nous...

Je l'écoute comme dans un nuage, à la fois heureuse de cette solution qui ménage mes relations avec Maxime et malheureuse de me retrouver seule, sans enfants, sans emploi, dans un appartement où j'ai si longtemps vécu en famille.

— Et..., et votre décision est irrévocable ? dis-je enfin. Vous ne voulez pas attendre un peu pour voir comment la politique évolue... ?

Il ouvre les bras dans un geste d'impuissance :

— Plus nous attendrons, plus il nous sera difficile de partir. Déjà à présent les trains sont bondés, les formalités innombrables...

Olga Lvovna intervient à son tour :

— Je ne peux plus supporter cette existence ! C'est trop pour mes nerfs ! Les perquisitions, les comités d'immeuble, les corvées de déblaiement... Quand je pense que vous avez pelleté la neige ce matin, vous, la gouvernante de mes enfants!...

— Ce n'était pas bien pénible, dis-je.

— Peut-être, mais, à coup sûr, humiliant! Ils veulent nous humilier, voilà le fin mot de l'histoire! Nous humilier et nous déposséder!...

Alexandre Sergueïevitch lui prend la main et lui baise le bout des doigts pour la calmer.

— Je suis très triste d'avoir à me passer de vous pour quelque temps, reprend-elle.

— Moi aussi, Madame, dis-je avec un élan de sincérité, je suis très triste.

— Vous faites partie de notre famille.

— Je l'espère.

— Vous ne vous sentirez pas trop désemparée, seule à Petrograd?

Je me redresse et réponds fièrement :

— Non, Madame.

Se doute-t-elle de la raison pour laquelle je désire rester?

— Faites attention à vous! dit-elle en me regardant droit dans les yeux.

Elle me menace gentiment du doigt et reprend sa tapisserie.

Je retourne dans la chambre des enfants. En les voyant sagement assis par terre, devant des livres d'images, une émotion bouillonnante m'envahit. Leurs deux têtes blondes sont rapprochées. Je me jette sur eux et les embrasse l'un après l'autre, avec tendresse, avec fougue, avec désespoir. Ils sont à moi et on va me les prendre. Georges me considère avec surprise et marmonne :

— Qu'y a-t-il, Mademoiselle ?

— Rien, rien, dis-je. Nous allons lire ensemble...

Je m'accroupis entre eux, j'entoure leurs épaules de mon bras, à droite, à gauche, et je les serre contre moi pour profiter encore un peu de leur naïve et tiède présence.

Les préparatifs du départ s'accélèrent. Olga Lvovna et Alexandre Sergueïevitch trient de vieux papiers, brûlent des lettres anciennes. On recouvre de housses grises les meubles du salon. Jour après jour, la maison perd un peu de son âme. Pulchérie, qui naguère m'était plutôt hostile, me témoigne à présent beaucoup de sympathie. Elle est fière d'avoir été choisie pour accompagner les patrons, alors que je demeurerai en pénitence à Petrograd. Reste le cas de la femme de chambre, Aniouta. Lui ayant réglé ses gages, plus un substantiel dédommagement, Olga Lvovna la congédie. J'assiste à la scène. Aniouta fourre l'argent dans la poche de son tablier sans un mot de remerciement et, comme Madame lui dit combien elle regrette d'être obligée de se passer de ses services, elle grogne, la lippe tordue :

— Je souhaite que vous creviez en route !

Et elle sort en claquant la porte. Olga Lvovna ferme les yeux sous le coup, les rouvre, sourit mélancoliquement et murmure :

— Elle était si gentille avec moi, si douce !... La révolution les a tous retournés ! A qui se fier maintenant ?

A mesure que la date fatidique approche, les enfants sont plus nerveux. La perspective du voyage les égaie alors qu'elle consterne leurs parents. La veille du grand jour, le commissaire du peuple qui a établi les sauf-conduits nous rend visite. C'est un certain Sidorov. Il porte une veste de cuir, une casquette à visière vernie, une barbiche et des lorgnons. Gonflé de son importance, il parle d'une voix métallique en détachant les mots comme des billes. Selon ses recommandations, Alexandre Sergueïevitch accepte de n'emporter que trois valises et trois balluchons pour toute la famille. Olga Lvovna se lamente :

— Ce n'est pas assez !

— Il faut vivre avec son temps, dit Sidorov. La femme nouvelle n'a pas besoin de toilettes !

Et il menace de ne pas délivrer les sauf-conduits si les voyageurs sont trop chargés. Nous sommes en son pouvoir. Olga Lvovna s'incline à son tour. Quand Sidorov s'est éclipsé, elle nous prie, Pulchérie et moi, de l'aider à coudre de l'argent dans les vêtements. Les enfants sont depuis longtemps couchés. La maison est calme. Un sourd bourdonnement monte de la ville. Parfois, un coup de feu isolé. Quelque garde rouge qui s'amuse. Nous tirons l'aiguille en silence. Des billets de banque Kerenski sont ainsi dissimulés en liasses sous les doublures, glissés en tubes minces à la place des baleines de corset, insérés habilement sous les rubans des chapeaux. Les ourlets des robes sont lestés de pièces d'or et de bijoux. Même les habits de Georges et d'Anatole reçoivent leur lot secret de papier-monnaie et de pièces d'or. D'autres pièces d'or sont enfermées dans les pochettes d'une ceinture spéciale qu'Alexandre Sergueïevitch porte sous sa chemise, à même la peau.

— Si nous passons avec tout ce harnachement, ce sera un miracle! gémit Olga Lvovna.

— Rassure-toi, dit Alexandre Sergueïevitch. Il y a tant de monde dans les trains qu'on ne contrôle plus personne! Sidorov me l'a encore confirmé.

— Je voudrais tout emporter et je dois me contenter de quelques babioles!

— Nous reviendrons, Olga, nous reviendrons!

Elle embrasse le salon d'un regard éploré:

— C'était si beau chez nous!

Alexandre Sergueïevitch toussote pour masquer son émotion, me prend à part et me remet une grosse enveloppe pleine de billets de banque:

— Pour vous permettre de vivre en notre absence, Mademoiselle.

Je remercie et retourne m'asseoir entre Olga Lvovna et Pulchérie. Nous travaillons jusqu'à une heure du matin.

Le lendemain, Sidorov vient nous chercher pour nous conduire au train. Une vieille coutume russe veut qu'avant de partir pour un voyage toute la maisonnée se rassemble sous l'icône et se recueille pendant quelques minutes. Nous nous asseyons en cercle dans le salon, tandis que Sidorov reste debout, à l'écart, et observe d'un œil moqueur cette scène de superstition désuète. Après une courte prière intérieure, Alexandre Sergueïevitch se lève et se signe par trois fois. Tout le monde l'imite, sauf le commissaire du peuple. Je souhaite bonne route à ceux qui s'en vont. Les enfants me sautent au cou. Alexandre Sergueïevitch, Olga Lvovna et Pulchérie m'embrassent sur les deux joues. Ils me déconseillent de les accompagner à la gare. Mais j'insiste. Maxime arrive sur ces entrefaites. Lui aussi veut assister à l'embarquement de la famille. Nous quittons l'appartement en groupe. Sur le seuil, Olga Lvovna se retourne et murmure :

— Partir ainsi... à la sauvette... tout abandonner... c'est horrible ! Qu'avons-nous fait à Dieu pour mériter tant de malheur ?...

Alexandre Sergueïevitch, Maxime et moi

descendons les valises, les balluchons. Un de ces balluchons contient des provisions de route pour plusieurs jours : boîtes de conserve, biscuits, saucisson. Sidorov a pu trouver deux fiacres. Sans doute même les a-t-il réquisitionnés. On a dû le payer très cher pour qu'il consente à organiser ce départ dans les meilleures conditions. Les enfants montent avec Pulchérie, Maxime et moi dans une voiture, Alexandre Sergueïevitch, Olga Lvovna et Sidorov dans l'autre. Selon les recommandations de Sidorov, nous nous sommes habillés très simplement pour ne pas attirer l'attention des gardes rouges. Mais Olga Lvovna a refusé de mettre un fichu sur ses cheveux. Elle porte un chapeau noir très strict avec une aigrette sur le côté. Il fait gris et doux. C'est le dégel. Les chevaux pataugent dans une gadoue brunâtre. Georges et Anatole sautillent d'impatience sur leur siège. Pour eux, il s'agit d'une partie de plaisir. Pulchérie renifle en dodelinant de la tête. Elle doit réciter des prières.

A la gare Nicolas, c'est la cohue. Une marée humaine bat la façade de l'édifice. Nous nous insérons dans la mêlée qui piétine, résiste, braille des injures. Sidorov et Maxime ouvrent le passage à coups de coudes, suivis d'Olga Lvovna et d'Alexandre Sergueïevitch. Je m'avance derrière eux, tenant les enfants par la main. Pulchérie ferme la marche. Devant le portillon d'entrée, des factionnaires vérifient les billets, les passeports, les sauf-conduits. Tout est en règle : la famille Borissov se rend dans le Sud pour raison de santé. Excipant de son titre de commissaire du peuple, Sidorov obtient même que Maxime et moi puissions accompagner les voyageurs jusqu'au train. Nous voici sur un quai envahi de monde. Une rumeur sourde m'étourdit, coupée par des sifflements de locomotives. A perte de vue s'étale une foule hétéroclite qui ondule mollement sur ses bases. Des moujiks barbus, des soldats débraillés, des paysannes guenilleuses, des filles de joie en cheveux et à la bouche maquillée grouillent parmi des montagnes de paquets, de caisses et de ballots. La plupart de ces gens doivent attendre depuis des heures devant les rails vides et luisants. Personne ne sait quand se formera le convoi ni s'il y aura des places pour les civils. Par ordre des bolcheviks, les wagons de première et de deuxième classe sont supprimés. Seuls subsistent les wagons de troisième classe et les wagons à bestiaux. Nous nous asseyons sur nos valises, sur nos balluchons. Pour la première fois, je me trouve plongée au plus épais du peuple russe. J'écoute le bourdonnement de ses mille voix rudes et plaintives. Je respire son odeur de misère. Olga Lvovna tient un mouchoir devant son nez. Soudain, autour de nous, toute la masse haillonneuse tressaille. Un sifflement tragique retentit sous la verrière. Le train entre en gare. Un train composé de vieux wagons à demi disloqués. Aussitôt, c'est la ruée. Emportés par le flot, nous essayons de ne pas nous perdre. Je serre spasmodiquement la main des enfants. Autour de moi, c'est un chaos de visages hargneux, un concert de cris discordants :

— Par ici, Mitka, il y a de la place !

— Non, c'est complet, allons plus loin !

— Ne poussez pas, camarades ! Vous voyez bien que je suis infirme !

Sidorov nous entraîne vers la tête du train.

— C'est là que nous aurons le plus de chances de trouver un coin libre, dit-il.

Et, en effet, juste derrière la locomotive, il y a deux wagons de troisième classe aux vitres brisées. Mais nous ne sommes pas les seuls à les convoiter. Un groupe de soldats le prend d'assaut. Juché sur le marchepied, l'un d'eux frappe du poing les civils qui tentent de monter. Sidorov l'interpelle, se nomme, fait valoir sa qualité de commissaire du peuple, brandit un papier, et le soldat, impressionné, s'écarte, livrant passage d'abord à Alexandre Sergueïevitch. Olga Lvovna et Pulchérie grimpent à leur tour dans le wagon. Maxime et moi leur passons les enfants par une fenêtre. Les bagages s'engouffrent un à un dans la même ouverture. Quand toute la famille est casée, Sidorov fait un signe d'adieu, hurle : « Bon voyage ! » et s'en va. Son rôle est terminé.

Nous restons, Maxime et moi, sur le quai qui apparaît maintenant nu, gris et sinistre. Olga Lvovna se montre à la fenêtre, le visage défait. Je demande :

— Comment êtes-vous installés ?

— C'est horrible ! dit-elle.

Je me hisse sur un chariot à bagages, puis sur une caisse et jette un regard à l'intérieur. Tous les compartiments ont été démolis. Dans le grand espace vide, le sol est jonché de paille. Au centre, un poêle éteint. Autour, des bancs, des bat-flanc, des valises, des paquets. Et, assise ou vautrée par terre, la soldatesque. Dans la pénombre, je devine la famille Borissov tapie parmi ses bagages. La caisse vacille sous mes pieds. Craignant de perdre l'équilibre, je redescends et crie :

— Au revoir, Madame, à bientôt !

— Oui, oui, répond Olga Lvovna faiblement. Que Dieu vous garde !...

Et elle s'éloigne. Son beau visage pâle, surmonté du chapeau à aigrette, disparaît dans les profondeurs du wagon.

J'espère que les enfants vont s'approcher, eux aussi, de la fenêtre. Mais, coincés entre les bagages, ils ne doivent pas pouvoir bouger. La cloche sonne un coup pour annoncer que le train va partir dans un quart d'heure. Maxime et moi restons immobiles devant la file des wagons bourrés à craquer. Des retardataires courent sur le quai, cherchent désespérément une place libre, escaladent le marchepied des voitures. La locomotive, ornée de drapeaux rouges, chuinte et lâche des jets de vapeur qui nous piquent les yeux. Un deuxième coup de cloche. Au troisième, la locomotive siffle et le convoi s'ébranle lourdement. C'est fini. Les Borissov sont sortis de ma vie. Me voici seule à Petrograd. Les forces me manquent. Je m'appuie au bras de Maxime. Nous quittons la gare comme deux orphelins. Il me raccompagne chez moi. Je lui demande de me laisser devant la porte de la maison.

— Je passerai vous voir demain matin, dit-il.

L'appartement, lorsque j'y pénètre, me semble d'une dimension et d'un silence effrayants. Je fais le tour des pièces, touche les meubles, évoque les visages, et une ondulation douloureuse me parcourt de la tête aux pieds. Dans la chambre d'enfants, j'éclate en sanglots. Les jouets qu'ils n'ont pu emporter sont à leur place habituelle. L'ours à l'oreille déchirée, le cheval à bascule, le jeu de cubes... Tout est comme hier et tout est changé. Une idée déchirante me traverse : « J'aurais dû partir avec eux ! » Mais le téléphone sonne. Je cours au salon et décroche l'appareil. La voix de Maxime, si grave, si tendre, si timide :

— Comment allez-vous, Geneviève ?

— Très bien, dis-je. D'où me téléphonez-vous ?

— Des bureaux du journal. J'y suis passé après vous avoir quittée pour savoir s'il y avait du nouveau de ce côté-là.

— Et alors ?

— Rien. Nous sommes toujours interdits de publication. Mais laissons cela. Vous n'allez pas avoir peur, cette nuit ?

— Non. Pourquoi ?

— Vous êtes si fragile !

— Ce n'est qu'une apparence !

— Alors, à demain.

— A demain.

Je voudrais lui crier que ces simples paroles me font du bien, qu'en pensant à lui je me sens moins seule, que c'est à cause de lui que je suis restée. Mais ma gorge se serre et je ne peux que murmurer :

— Merci de m'avoir appelée, Maxime.

Les pourparlers de paix ayant été rompus à Brest-Litovsk sur l'initiative de Trotski, les Allemands ont repris l'offensive. Leurs troupes avancent profondément en terre russe. On raconte qu'ils ont investi Pskov sans rencontrer de résistance et qu'ils visent Petrograd. Les bolcheviks sont aux abois. D'autant plus que les armées blanches s'organisent et leur portent, elles aussi, des coups terribles. Obligés de lutter à la fois contre l'ennemi extérieur et contre l'ennemi intérieur, les camarades se chamaillent en plein Soviet sur la conduite à suivre. Des automobiles parcourent les rues, et leurs occupants lancent à la population des tracts dénonçant les Alliés qui ont « poignardé la révolution russe dans le dos » en lui suscitant des adversaires en Ukraine, sur le Don, en Sibérie. L'amiral Koltchak et les généraux hostiles au régime sont voués à l'exécration des masses. On appelle les prolétaires à la guerre sainte contre les bourgeois de Russie comme contre ceux d'Allemagne. Devant la menace d'une percée allemande, l'ambassade de France se prépare, dans la fièvre, à quitter Petrograd pour Helsingfors. Les rares Français qui restent en ville sont saisis de panique à cette nouvelle. Ils assiègent les bureaux de notre consulat pour demander conseil. Mes amies Paulette et Germaine me rendent visite, tout éplorées. Les deux familles qui les employaient comme gouvernantes sont parties, les laissant sur place, et les appartements où elles étaient logées ont été immédiatement réquisitionnés. Les voici à la rue. Je leur propose de venir habiter chez moi en espérant que je ne serai pas, moi aussi, expulsée, sur décision de quelque délégué du Soviet. Elles acceptent avec joie.

A vrai dire, je suis soulagée de n'être plus seule dans cette vaste demeure où tant de souvenirs me guettent à chaque pas. Nous nous installons gaiement. Je me transporte dans l'ancienne chambre d'Olga Lvovna et d'Alexandre Sergueïevitch, Paulette occupe la mienne et Germaine celle des enfants. Le salon, la salle à manger, le bureau sont condamnés. Nous prenons nos repas à la cuisine. C'est moi qui officie devant le fourneau. Je ne suis pas très habile, mais les difficultés de ravitaillement sont telles que nul ne se plaint de ma maladresse. Comme par le passé, j'essaie de me procurer un peu de nourriture auprès des vendeurs clandestins qui hantent le quartier. Ils sont de plus en plus rares, de plus en plus chers et de moins en moins bien approvisionnés. Se caler l'estomac est devenu l'obsession de tout le pays. Rien d'autre ne compte, ni la réussite sociale, ni la politique, ni l'amour. Les queues s'étirent devant les magasins. On se dispute pour une poignée de riz, pour quatre pommes de terre. Quand un cheval exténué s'abat sur la chaussée, vingt personnes attendent qu'il soit mort pour le dépecer. Un jour, j'ai rapporté ainsi un morceau de viande prélevé par un boucher d'occasion sur une bête qui agonisait au milieu de la rue. Je l'ai payé un prix exorbitant et l'ai fait cuire le soir même. Nous nous sommes régalées. D'ordinaire, nos repas sont plus frugaux. Nous nous levons de nos chaises le ventre creux. Mais le plaisir de la conversation remplace celui de la table. Bien entendu, nous parlons surtout de la France. Elle nous paraît si belle, si douce, si cultivée dans l'horrible cauchemar que nous traversons. Nous évoquons en soupirant les souvenirs que nous avons gardés de notre chère patrie. Paulette me montre des vues d'Orléans sur des cartes postales, Germaine exhibe comme une relique un porte-plume en os qu'elle a acheté à Paris et dont le manche se termine par une représenta-

125

tion sculptée en miniature du Sacré-Cœur. Je leur lis des lettres de ma mère. Tout entières requises par le passé, nous plaignons notre pauvre pays saigné par la guerre, nous souffrons d'en être si loin, nous oublions la Russie qui nous entoure. Dans ce somptueux appartement de la rue Malaïa Italianskaïa, à Petrograd, c'est une petite France en exil qui se lamente et espère. Maxime vient nous voir chaque jour. Il dîne même souvent avec nous. Paulette et Germaine le trouvent très sympathique. Elles minaudent devant lui et cela m'agace. Paulette surtout se montre anormalement coquette en sa présence. Mais il ne lui prête aucune attention. Et c'est justement cette indifférence qui la pique. Elle en rajoute :

— Parlez-nous de politique, monsieur Maxime. Nous autres, petites Françaises, nous sommes toutes désorientées au milieu de cette tornade révolutionnaire. Quand vous nous expliquez les choses, nous comprenons mieux !

Lorsque je la vois se tortiller ainsi, j'ai envie de lui griffer la joue. J'en viens à regretter que ces deux femmes partagent désormais ma vie. Elles se rendent certainement compte de mon inclination envers Maxime. Et cela ne les retient pas dans leurs aguicheries. Elles ne sont d'ailleurs jolies ni l'une ni l'autre. Dès que Maxime s'est éclipsé, elles redeviennent simples et amicales. Leur idée fixe, c'est de quitter la Russie au plus vite. Après m'être réjouie de leur présence à mes côtés, je souhaite de nouveau me retrouver seule. Avec un rien de mauvaise conscience, je les encourage dans leur projet de fuite tout en m'interdisant de les suivre. Incontestablement, je serai plus libre de mes mouvements, de mes sentiments quand elles ne seront plus là. Elles multiplient les démarches, recherchent des appuis et finalement obtiennent gain de cause : des billets de train jusqu'à Helsinki.

Notre dernière soirée est mélancolique. Germaine et Paulette sont surexcitées à l'idée de regagner bientôt la France et insistent pour que je me décide, moi aussi, à partir. Je les envie mais m'obstine tristement dans mon refus. Plus je vais, plus je me persuade que mon destin est ici, sur cette terre déchirée, parmi ces gens frappés de folie. Tout à coup, Paulette lance par-dessus la table :

— C'est à cause de Maxime que vous voulez rester !

Le sang me monte aux joues, je me rebiffe et balbutie :

— Absolument pas !

— Alors pourquoi ? A Petrograd, c'est la débâcle... Tous ceux qui le peuvent font leurs valises... Et vous, vous vous cramponnez... Les bolcheviks finiront par vous jeter en prison comme espionne capitaliste !...

Je couvre mon visage de mes mains pour

cacher mes larmes. Que répondre ? Elles ont raison et cependant je ne puis fléchir. C'est comme une barre plantée en travers de ma tête. Si je la retire, ma vie s'effondrera. Germaine se lève et m'embrasse. Paulette me prend la main :

— Réfléchissez, Geneviève... Allez au consulat... Il est encore temps... Si vous tardez trop, vous serez bloquée, prise dans une souricière...

J'écarte les mains et murmure dans le vague :

— Ne vous préoccupez pas de moi. Je sais ce que je fais.

Elles comprennent que je veux garder mon secret et me laissent tranquille. Nous buvons un verre de vin (il en reste quelques bouteilles à la cave) pour nous réconforter avant la séparation.

Le lendemain, je les accompagne au train. Devant la gare de Finlande, c'est la même bousculade que devant la gare Nicolas pour le départ des Borissov. Mais cette fois on ne me laisse pas pénétrer sur le quai. Je dis au revoir à mes deux amies près du portillon d'entrée. Un courant violent les emporte à travers la foule. J'agite mon mouchoir. Elles disparaissent dans un remous de têtes.

Je retourne chez moi avec le sentiment de m'être encore un peu plus séparée de la France. Mais je ne regrette rien. Maxime vient me voir le soir même. Je le garde à dîner.

Malheureusement, je n'ai pas grand-chose à lui offrir. Je confectionne des galettes avec des épluchures de pommes de terre. Il les trouve excellentes. Nous parlons de mes deux amies qu'il juge superficielles, maniérées et bavardes. Cette opinion me réconforte. Puis il m'annonce que *L'Aube du Nord* va peut-être reparaître sous un autre titre : *L'Avenir rouge*, et avec une autre direction.

— Mais nous continuerons à dire ce que nous pensons, affirme-t-il. Même si cela déplaît aux bolcheviks.

— N'est-ce pas très dangereux ?

— Il faut savoir prendre des risques, si on veut se faire entendre. Au pire, ils interdiront notre second journal comme ils ont interdit le premier !

Il est de nouveau gai et plein de projets. Simplement parce qu'il va pouvoir écrire et publier des articles. Cette faculté de rebondissement m'étonne. Est-ce du courage ou de l'inconscience ? En tant que gouvernante, je suis habituée à analyser le caractère des enfants ; aussi ne suis-je pas dépaysée avec lui : il a douze ans à peine sous une enveloppe d'homme mûr. Sans doute est-ce là ce qui fait son charme. En me quittant, il me serre les deux mains avec force.

— C'est en se débattant qu'on surnage, dit-il. Nous surnagerons, Geneviève, nous surnagerons !

— Parmi combien d'épaves ? Et pour aller où ?

— Vous croyez en Dieu ?

— Oui.

— Alors, soyez-en sûre, il vous guidera jusqu'au port.

— Quel port ?

— Je ne sais pas... La France...

— Je ne tiens pas à retourner en France, dis-je. Du moins pas pour le moment...

Il me considère en silence avec une sorte d'élan immobile. Tout ce qu'il ne me dit pas : sa tendresse, son estime, il me le jette au visage dans un regard. Je tressaille sous cet aveu muet. Mais déjà il a ouvert la porte et se précipite dans l'escalier. J'écoute son pas boiteux décroître sur les marches de bois nues et sonores.

Le lendemain matin, Pétia, le président de notre « comité d'immeuble », vient m'avertir que l'appartement des Borissov, dont je suis la gardienne, sera mis à la disposition de plusieurs membres du Parti avec leurs familles. Il me communique la liste des futurs occupants, établie par un représentant du soviet de quartier. Ils doivent emménager à la fin de la semaine. La décision vient de haut. Je n'ai qu'à m'incliner. Abasourdie, je prends la feuille de papier qu'il me tend : « Surface habitable... Nombre de personnes pouvant être hébergées dans le local... Avis du président du comité d'immeuble... »

— Vous verrez, ils sont très gentils, me dit Pétia en guise de consolation.

Dans un sursaut, je balbutie :

— Mais les meubles, les effets personnels que les Borissov ont laissés sur place...

— Personne n'y touchera.

— Et la cuisine ?

— Elle deviendra communautaire.

Je baisse la tête et regrette que Maxime ne soit pas auprès de moi pour discuter. Mais on ne discute pas avec une meule de pierre qui vous écrase. Pour m'amadouer, Pétia me chuchote qu'il pourrait me vendre pour pas cher une barre de chocolat et un pot de saindoux. J'accepte.

J'ai réintégré ma petite chambre. Trois familles se sont partagé le reste de l'appartement. On a dressé des lits de camp dans le salon et dans la salle à manger. On a établi un roulement pour l'utilisation de la cuisine et de la salle de bains. On a distribué des clefs de la porte d'entrée à tout le monde. Il y a là maintenant les Korotkine et leurs deux filles de six et neuf ans, les Bolenov et leur fils de douze ans et les Glebov qui sont un couple « libre », sans enfants. Tous ces gens-là sont bruyants et outrecuidants. Ils se conduisent en maîtres des lieux. Les femmes arborent sans vergogne les robes qu'Olga Lvovna a laissées dans ses armoires. Les hommes fument les cigares d'Alexandre Sergueïevitch. Les enfants s'amusent avec les jouets de Georges et d'Anatole. Ils se réunissent dans la chambre contiguë à la mienne et j'entends leurs éclats de voix et leurs rires. Il n'a pas fallu trois jours à cette smala bolchevique pour transformer les belles pièces de notre demeure en un campement de bohémiens. Quand je pénètre dans le domaine des intrus, je suis saisie à la gorge par l'odeur de suint, d'ail, de mauvais tabac et de vieilles bottes qui est caractéristique de leur état. Les parquets précieux sont maculés de boue, constellés de crachats. Une pellicule de poussière recouvre les meubles. Des épluchures traînent jusque sur le piano. Ils ont cassé trois chaises Empire du salon pour faire du feu. La cave d'Alexandre Sergueïevitch reçoit chaque jour leur visite. Ils débouchent les bouteilles de vin français aux millésimes prestigieux et les avalent sans discernement. Bordeaux, bourgogne, sauternes, champagne alternent sur leur table avec la vodka et le kwas. Nestor Korotkine, qui semble le chef du groupe, boit comme un trou. Mais il est rarement ivre. C'est un colosse au crâne rasé et au nez camard. Ses activités et celles de ses deux compagnons sont absorbantes et mystérieuses. Ils disparaissent toute la journée et ne reviennent que le soir, harassés et enroués. Sans doute siègent-ils dans une dizaine de ces innombrables comités qui fleurissent ici depuis la prise du pouvoir par les Soviets. Ils doivent être très influents dans le Parti car ils n'ont aucun souci de ravitaillement. Tantôt l'un, tantôt l'autre rapporte chez nous des provisions exceptionnelles. Au mois de mars, quand le gouvernement se transporte de Petrograd à Moscou, rien ne change pour eux. Ils se montrent toujours aussi énigmatiques et affairés. J'ai même l'impression que Nestor Korotkine prend de plus en plus d'importance dans le Parti. Ses fonctions me sont inconnues, mais je le soupçonne d'être de connivence avec la Tchéka. Sa femme, Zoé, est une paysanne sèche, tendineuse et sans manières, mais elle a le cœur sur la main. Elle m'offre parfois un peu de viande et de lait que je ne saurais refuser. Ses deux fillettes, Galina et Julie, sont charmantes. Elles se plaignent parce que, parmi les jouets laissés par les garçons, il n'y a pas de poupées. La plus jeune, Galina, s'est prise de passion pour l'ours en peluche d'Anatole. Elle l'appelle Michka et dort avec lui. Malgré ma répugnance envers cette tribu envahissante, je ne puis me défendre d'une certaine tendresse pour les enfants. Inconscients de la démence politique de leurs parents, ils sont comme tous ceux de leur âge, frais, disponibles, insaisissables et confiants. Il m'arrive de m'asseoir à côté d'eux dans la chambre pour les voir jouer. Comme je le faisais avec Anatole et Georges. Seule différence : j'ai deux filles et un garçon sous les yeux au lieu de deux garçons. Parfois, je leur lis un livre en russe, à haute voix, tant bien que mal. Ils rient de mon accent. Ou bien je dessine avec eux. Le fils des Bolenov, Sacha, gribouille avec des crayons de couleur. Maladroitement, il trace le contour d'une maison avec ses fenêtres, sa porte et sa cheminée qui fume. Puis, d'autorité, il plante des drapeaux rouges à toutes les croisées. Je demande :

— Pourquoi fais-tu ça ?

— Parce que c'est la fête, répond-il.

— Quelle fête ?

— La fête de la révolution.

Nestor Korotkine entre sur ces mots. Il regarde le dessin et félicite Sacha :

— Tu es un vrai bolchevik !

Et, s'adressant à moi :

— C'est gentil de vous occuper d'eux, camarade gouvernante !

Cette expression me révulse, mais je n'en laisse rien paraître. Nestor Korotkine s'affale sur un tabouret. Ses gros doigts caleux jouent avec des cubes.

— Ne pourriez-vous apprendre le français à mes filles ? reprend-il.

Prise de court, je balbutie :

— Est-ce bien nécessaire ?

— On ne sait jamais. Ça peut servir. Quelques mots par-ci par-là : fenêtre, porte, pain, bonjour, au revoir, merci...

Je souris malgré moi, surprise de déceler un sentiment paternel sous cette enveloppe grossière.

— Volontiers, dis-je.

— Je vous paierai pour ça... Qu'est-ce que

vous préférez : des roubles Kerenski ou de la nourriture ?

— De la nourriture.

— Vous avez raison, camarade gouvernante. Je vais prévenir ma femme. Elle vous ravitaillera comme travailleuse intellectuelle à domicile. Tous ceux qui ont un métier ont le droit de manger sous le régime soviétique. Que les bourgeois, les nantis, les oisifs claquent du bec, ce n'est que justice !

L'arrivée de Maxime l'interrompt dans son discours. Je les présente l'un à l'autre et j'ajoute que Maxime est journaliste. Nestor Korotkine se renfrogne. Tous les journalistes lui sont suspects.

— Dans quel journal écris-tu, camarade ? demande-t-il.

— Dans *L'Avenir rouge*, dit Maxime.

— Je ne connais pas.

— Le premier numéro est sorti il y a une semaine.

— C'est donc ça ! Et qu'est-ce qu'on y dit, dans ta gazette ?

— On commente l'actualité.

— Seuls les bolcheviks ont le droit de commenter l'actualité. Tu es bolchevik ?

— Non.

— Quoi, alors ? Menchevik, socialiste-révolutionnaire ?...

— Rien de tout cela. Je vis les événements au jour le jour et j'essaie de comprendre...

Nestor Korotkine hausse les épaules, crache par terre et va pour sortir. Sur le seuil, il se retourne :

— N'oubliez pas les leçons de français, camarade gouvernante !

— Je vous promets...

J'entraîne Maxime dans ma chambre. Il me lit un article de lui que vient de publier *L'Avenir rouge*. En termes modérés, ce texte critique les conditions de la paix séparée signée à Brest-Litovsk. L'auteur déplore notamment la mainmise de l'Allemagne sur la Pologne et les provinces baltiques et la restitution de certaines localités du Caucase à la Turquie. Il se lamente aussi sur les difficultés de ravitaillement et les exécutions sommaires. Tout cela me paraît fort élégamment exprimé mais d'une dangereuse franchise.

— J'ai montré l'article à plusieurs bolcheviks avant de le publier, me répond Maxime. Ils n'ont rien trouvé à redire. Cette paix est désastreuse pour la Russie.

— Et pour la France, donc !

— La France s'en tirera. Elle gagnera la guerre, grâce à l'aide de l'Amérique. Mais nous, ici, qu'allons-nous devenir ? Nous voici amputés de plus de trente pour cent de notre population et de nos terres cultivables, de plus de cinquante pour cent de nos entreprises industrielles ! Les bolcheviks sont incapables de réorganiser le pays. Ils passent leur temps à créer des comités et des sous-comités. Ils bavardent et ils tuent, à tort et à travers. Acculés à la ruine, ils se sauvent par la terreur !

Comme Maxime s'échauffe, je lui fais signe de baisser la voix :

— On pourrait vous entendre.

— Vous avez raison, chuchote-t-il. L'endroit n'est pas sûr. Comment pouvez-vous supporter la cohabitation avec ces gens-là ?

— Ils sont, certes, très encombrants, dis-je. Mais que faire ? Il faut que je m'habitue...

Il me regarde avec détermination :

— Vous ne pouvez pas rester ici. Venez vous installer chez moi. J'ai deux chambres. Vous seriez très bien dans celle qui me sert de bureau. Au besoin, je condamnerais la porte de communication...

Cette offre m'émeut et m'embarrasse.

— Vous n'y pensez pas ! dis-je.

— Mais si, Geneviève... Très sérieusement...

De plus en plus décontenancée et ne sachant comment justifier mon refus, je murmure assez sottement :

— Ce ne serait pas convenable.

— A notre époque, qui se soucie des convenances ?

— L'époque ne change rien aux sentiments intimes. Je vous remercie de votre proposition. Mais je ne puis accepter. N'en parlons plus.

— Dommage ! soupire-t-il. Cependant je maintiens mon invitation. Quand vous en aurez assez des énergumènes qui vous entourent, songez à moi...

— Je vous le promets, dis-je pour atténuer la sécheresse de ma première réaction.

Après son départ, je rejoins les enfants dans leur chambre. Les deux aînés, Sacha et Julie, ne veulent rien apprendre. Mais la plus jeune, Galina, répète les mots français derrière moi avec une application de petit perroquet qui m'amuse et me charme. De larges yeux bleus, des tresses blondes, un nez en trompette, des joues de pomme, elle n'est pas jolie, mais si vive, si gaie que je me plais à la faire parler. Dix minutes de baragouinage en français et nous revenons au russe pour plus de commodité. Galina m'interroge sur la France :

— Comment c'est, dans ton pays ? C'est grand ?

— Bien moins grand que la Russie.

— Et les gens sont gentils ?

— Il y en a de gentils et d'autres qui ne le sont pas.

— Pourquoi es-tu venue chez nous ?

— Pour enseigner le français à des enfants.

— A ceux qui habitaient ici avant ?

— Oui.

— Pourquoi sont-ils partis ?

Sacha, qui, assis par terre, joue avec le train de Georges, grogne sans lever la tête :

— Parce que ce sont des bourgeois ! Ils ont peur des bolcheviks !

Je fais mine de n'avoir pas entendu ce propos dont la justesse est incontestable. Julie, la petite peste, renchérit :

— Ils étaient très riches, n'est-ce pas ?

— Oui.

— Et ils ne le sont plus ?

— Non.

— C'est bien fait !

— Tu les aimais beaucoup, ces enfants ? demande Galina.

— Oui.

— Plus que moi ?

— Non, ma chérie, dis-je en posant la main sur sa tête.

Je suis sincère. Galina me réconcilierait presque avec la révolution. Elle m'embrasse. Je songe tristement à Georges, à Anatole. Où sont-ils maintenant ? A Yalta, sans doute, avec leurs parents. Je suis sans nouvelles d'eux depuis leur départ. Les lettres ne passent plus. De toutes mes forces, je souhaite que les Borissov aient trouvé le calme en Crimée. Ne suis-je pas en train de les trahir avec ces indésirables qui couchent dans leurs lits ? Pourquoi faut-il que les hommes s'entre-déchirent alors que tant d'enfants dans le monde débordent d'amour ? Je constate que je tutoie mes nouveaux élèves tandis que je vouvoyais les précédents. Ce changement de rapports s'est opéré sans que j'y prenne garde. Est-ce le signe d'une heureuse simplification dans les relations entre petits et grands ? Même Sacha et Julie, bien que d'un naturel rétif, me sont chers. Le soir, quand je vais les border dans leur lit, eux aussi s'abandonnent. Sacha, le bravache, a peur de faire de mauvais rêves et me demande à voix basse de laisser une lampe allumée dans la pièce jusqu'à ce qu'il s'endorme. Julie ne trouve le sommeil qu'en suçant son pouce. Galina partage son oreiller avec son ours Michka et le couvre de baisers avant de fermer les yeux. Leurs parents ont enlevé l'icône qui veillait dans un coin de la chambre. A l'exemple de tous les bolcheviks, ils dénoncent les méfaits de la religion. Cependant, alors que je vais me retirer, Galina me demande de la bénir pour la nuit d'un signe de croix comme le faisait sa grand-mère.

Quand le temps le permet, les enfants jouent dans la cour. Un jour, ils rapportent à la maison un petit chat gris, pelé, efflanqué, hagard, qu'ils ont découvert derrière un dépôt d'ordures. Je les aide à le brosser, à lui nettoyer le museau, les oreilles, à l'apprivoiser. Il se jette sur une soucoupe de lait. Sans doute s'est-il nourri jusqu'ici de souris et d'oiseaux. Sacha le baptise Mourlyka. Galina délaisse son ours pour ce nouveau venu qui a tellement besoin de tendresse ! Très vite, il prend ses aises dans l'appartement. Joueur et caressant, il séduit même les parents qui, au début, ne voulaient pas le garder. La chambre d'enfants est son royaume. Il peut s'amuser pendant des heures avec un bout de papier ou une pelote de ficelle, bondissant, lançant sa patte toutes griffes dehors, se tapissant de nouveau à l'affût, l'arrière-train agité de brèves secousses et la moustache en colère. Nous ne nous lassons pas de le regarder. Quand il arrête son manège, Galina se précipite sur lui et le serre dans ses bras à l'étouffer sans qu'il proteste.

Une semaine se passe ainsi dans la joie. Puis soudain Mourlyka disparaît. Il y a un tel va-et-vient dans la maison qu'il a dû profiter de la porte d'entrée ouverte pour déguerpir. Parmi les enfants, ce n'est qu'un cri de désespoir. On le cherche partout, dans la cour, dans les caves, on interroge les voisins. Peine perdue. Devant ses filles découragées, Nestor Korotkine annonce :

— Inutile de s'en faire. Il a dû finir dans une casserole. C'est le sort de tous les chats, à Petrograd !

Galina éclate en sanglots. Le soir, elle refuse de manger. Je la couche, tremblante, dans son lit. Assise à son chevet, je lui recommande de se consoler avec son ours en peluche.

— Mais lui, il n'est pas vivant ! dit-elle.

— Si tu l'aimes très fort, il le deviendra !

Elle empoigne son ours et le presse contre son ventre :

— Michka, Michka, toi, tu ne me quitteras pas ! dit-elle.

Je reste auprès d'elle jusqu'à ce qu'elle ferme les yeux, brisée de chagrin et de fatigue. Sacha et Julie sont depuis longtemps endormis lorsque je sors de la chambre sur la pointe des pieds.

Grand branle-bas dans la maison : Galina n'a pas dormi de la nuit. Elle a une forte fièvre : le thermomètre indique 39°5. Son abattement est tel qu'elle semble coupée du monde extérieur. Je me penche sur elle et elle ne me reconnaît pas. Sa mère l'appelle, l'embrasse et elle demeure inerte, le visage congestionné, les yeux rouges. Je lui présente son ours en peluche et elle le repousse. Comme je l'interroge sur ce qu'elle ressent, elle murmure d'une voix enrouée : « Faites-les sortir ! Ils vont me manger ! » Puis elle gémit dans une sorte de râle : « Mal à la tête !... » Nestor Korotkine a quitté la maison tôt le matin pour quelque réunion politique. Affolée, Zoé Korotkine téléphone à un médecin de sa connaissance. Il arrive deux heures après. C'est un vieillard barbichu au lorgnon tremblotant. Galina se laisse ausculter par lui sans

144

réagir, comme saisie de torpeur. En la dénudant, il découvre des éruptions rouges sur tout son corps. Le diagnostic est immédiat : typhus exanthématique. C'est bien ce que je craignais. L'épidémie fait des ravages dans la ville pouilleuse.

— Il faut absolument l'isoler des autres enfants, à cause des risques de contagion, dit le médecin. Je vous conseille même de la faire hospitaliser. Elle sera mieux surveillée, mieux soignée qu'à la maison. Je vais rédiger un certificat d'admission. Vous le ferez viser par le président du comité d'immeuble.

En plus de ses honoraires, il accepte trois tranches de viande. Zoé Korotkine se jette sur le téléphone et tente de joindre son mari. Elle l'appelle aux quatre coins de Petrograd. Enfin, elle l'a au bout du fil. Dès son retour à la maison, il prend l'affaire en main. Bien que tous les hôpitaux soient bondés, il décroche la promesse d'un lit pour Galina. Pétia, le président du comité d'immeuble, signe les papiers nécessaires et court chercher un fiacre. Nous emmitouflons la petite malade dans des couvertures. Je monte en voiture avec ses parents. Galina repose sur mes genoux, légère et brûlante. J'entoure sa tête avec mon châle. Malgré le grand air et le mouvement de la rue, elle est prostrée, à peine consciente. Il fait doux. C'est le dégel. La ville n'est que boue, suintement et vapeur.

145

A l'hôpital, on nous reçoit mal. Les infirmières sont débordées. Il n'y a plus de place. Nestor Korotkine gesticule, vocifère et, après une heure de palabres, obtient qu'on couche Galina dans un couloir. Puis on nous met à la porte. A cause de l'ampleur de l'épidémie, les visites aux patients sont interdites. On nous tiendra au courant de l'évolution de la maladie. Nestor Korotkine proteste auprès du directeur de l'établissement :

— C'est impossible, camarade, nous sommes les parents !... Mettez-vous à notre place !

— Mais, camarade, la règle est la même pour tout le monde !

— Vous pourriez, camarade, faire une exception pour une enfant...

— Dans une république socialiste, camarade, les exceptions n'ont pas cours.

Tous ces « camarade » me cassent les oreilles. Des formules ronflantes et rien derrière. Il me semble soudain que la révolution, c'est le port de la casquette, la pagaille généralisée et la proclamation à tout bout de champ de la fraternité entre les hommes. Nous rentrons rue Malaïa Italianskaïa, muets, accablés, comme si nous étions responsables de tout ce qui va mal en Russie.

Trois jours plus tard, un coup de téléphone du directeur de l'hôpital nous apprend que Galina est morte dans la nuit. Cette nouvelle ne me surprend pas et cependant je suis comme assommée par sa soudaineté, par son injustice. Mon chagrin ressemble à une révolte. Toute la maison est en larmes. Je partage le deuil de la famille. En moins d'une semaine, je suis devenue une des leurs.

La haute situation politique de Nestor Korotkine nous vaut, cette fois encore, un traitement de faveur. Tout est tellement désorganisé dans la ville qu'il obtient, sous la menace, que la dépouille de Galina ne soit pas directement acheminée de l'hôpital au cimetière comme il est de règle, mais revienne à la maison pour une dernière veillée. Les médecins, terrorisés par ses cris, lui recommandent simplement de ne pas trop s'approcher du corps par crainte de la contagion. Voici la fillette de nouveau dans sa chambre, sur son lit, parmi ses jouets. Un voile de gaze la recouvre, précaution dérisoire. Mais tout n'est-il pas dérisoire dans notre vie depuis la révolution ?

Nestor Korotkine décide qu'il n'y aura pas de funérailles religieuses. Sa femme proteste humblement. Elle voudrait un prêtre pour bénir le corps. Son mari refuse. A cause du manque de planches, il est très difficile de trouver un cercueil à acheter dans Petrograd. La plupart du temps, on en loue un juste pour le transport. Cependant Nestor Korotkine, ayant couru la ville, revient avec une longue caisse capitonnée qu'il a pu troquer contre un jambon. La caisse est trop grande pour Galina. La fillette repose, les yeux clos, le visage calme, les cheveux tressés en nattes, au fond de cette barque funèbre. A la demande de sa mère, on a placé son ours en peluche entre ses bras. Quand on soulève le cercueil, découvert selon l'usage russe, elle glisse un peu et se cogne aux parois. Deux fiacres nous attendent devant la maison pour nous conduire au cimetière. Par décision des parents, Julie et Sacha restent à la maison. Ils boudent. A croire qu'on les prive d'une fête. En voyant la petite morte, les cochers se signent craintivement. Les Korotkine montent avec moi dans la première voiture. Les Glebov et les Bolenov s'entassent dans la seconde. Nous tenons le cercueil en travers de nos genoux. Un vent léger gonfle le voile de gaze qui drape encore le cadavre. A chaque cahot, le corps de Galina bouge douce-ment, comme si elle s'amusait de notre ran-donnée. Lorsque nous arrivons au cimetière, il se met à pleuvoir. La fosse est déjà creusée. Zoé Korotkine bénit sa fille d'un signe de croix, sous le regard réprobateur de son mari. La pluie redouble de violence. L'un des fos-soyeurs suggère à Nestor Korotkine de déposer le corps en pleine terre et de donner le cercueil en location. Il a justement preneur aujour-d'hui. Nestor Korotkine balance la tête négati-vement sans prononcer un mot. Alors les fos-soyeurs l'aident à clouer le couvercle. Le tendre visage de Galina disparaît sous une planche mal rabotée. Mise en boîte avec son ours, elle est descendue dans un trou de terre humide. Quand le cercueil, soutenu par des cordes, touche le fond, Zoé Korotkine éclate en sanglots. Les hommes sont tête nue, les femmes hésitent à se signer. Je récite mentalement le Notre Père.

— Il est temps de rentrer, dit Nestor Korotkine.

Nous nous éloignons de la fosse et remontons dans les fiacres. Personne ne parle. Galina est encore parmi nous.

A la maison, les trois femmes sont brusquement saisies d'une activité fébrile. La coutume veut qu'un repas de funérailles réunisse les amis en deuil. Zoé Korotkine et ses deux compagnes s'affairent dans la cuisine. Nestor Korotkine descend à la cave pour chercher de bonnes bouteilles. J'assiste, abasourdie, endolorie, à ce tournoiement. Au cimetière déjà, il me semblait avoir perdu le contact avec moi-même. Cette impression de dédoublement s'accentue de minute en minute. Un épais brouillard flotte dans ma tête. Les voix, en le traversant, sont étrangement déformées. J'ai du mal à mettre des noms sur les visages. L'odeur de la viande cuite et de l'oignon me soulève le cœur. Je voudrais aller dans ma chambre, me jeter sur le lit, dormir, oublier.

Mais mes jambes ne m'obéissent plus, ma volonté se dérobe. Incapable de bouger et de réfléchir, je subis avec écœurement, avec désespoir le tintement de la vaisselle, le bruit des pas, le roulement d'une voiture dans la rue. On vient me chercher pour passer à table. Et, à peine assise sur ma chaise, je me sens sur le point de m'évanouir. Que font tous ces inconnus dans la salle à manger des Borissov ? Ces meubles en palissandre, ces couverts d'argent, ces verres de cristal ne sont pas à eux ! Qu'ils s'en aillent vite, vite !... Puis je songe à ma mère dont je ne sais plus rien depuis des mois, à ma chère France qui s'éloigne de jour en jour comme un navire qui prend le large. Les hommes boivent de la vodka en levant le coude et en clappant de la langue. Le caquetage des femmes est si assourdissant que j'ai envie de me boucher les oreilles. Tous paraissent avoir oublié Galina. Les yeux brillent, les bouches mastiquent. Une bouteille passe de main en main. Je les déteste d'être vivants et en bonne santé. On me parle et je réponds au hasard. Une boulette de viande hachée refroidit dans mon assiette. Il me semble qu'elle grouille de vers. Je plante ma fourchette dedans et une nausée me monte aux lèvres.

— Vous ne mangez pas ? me demande Zoé Korotkine.

Cette question me parvient, portée par un bruit de vagues déferlantes. Tout se brouille dans mon cerveau. Mon crâne va éclater sous la poussée de la douleur. Je grelotte. Et en même temps je sens que je vais m'assoupir. Rassemblant mes dernières forces, je murmure :

— Excusez-moi.

Et je glisse au bas de ma chaise.

Je reviens à moi dans mon lit, la tête divagante. Ma lassitude est si grande que je peux à peine bouger mes membres. Ma langue colle à mon palais. Tout mon corps n'est que frissons et flamboiement. Les heures s'écoulent tantôt très lentement, tantôt très vite. Les jours et les nuits se confondent. J'attache autant d'importance à une carafe d'eau sur ma table de chevet qu'aux visages qui se penchent au-dessus de moi et m'interrogent du regard. Dans un désordre de rêve, je reconnais Zoé Korotkine, le vieux médecin à barbiche et à lorgnon, Maxime... Pourquoi défilent-ils dans ma chambre ? Je voudrais leur parler. Mais les mots qui me viennent aux lèvres ne correspondent pas à ma pensée et ma voix est étrangement rauque. Je me plains parce qu'on me force à balayer la rue alors que Clemenceau m'attend. Maxime touche mon front. Il a une main fraîche. Je balbutie :

— Où est Galina ?

Pas de réponse. Quelqu'un soupire dans le coin, près de la porte. Je dis encore :

— Emportez la viande ! Elle sent mauvais !

Et un flot noir me recouvre. Combien de temps dure cette plongée dans l'oubli? Un matin, j'ouvre les yeux avec une extraordinaire sensation de légèreté et de bien-être. Mon mal s'est enfui d'un seul coup. Un soleil printanier entre par la fenêtre et des poussières dansent dans le rayon lumineux. La chambre est vide. Je remue les jambes sous les couvertures. Elles m'obéissent. Cette constatation m'amuse. La joie de la convalescence me monte à la tête comme un vin pétillant. Je voudrais remercier le monde d'être là, immuable et familier, à portée de mes yeux, de mes mains. J'éprouve une tendresse larmoyante pour tout ce qui m'entoure, la carafe d'eau, la chaise, les lithographies sur le mur, mes pantoufles... Puis, des souvenirs me reviennent pêle-mêle, je pense à Galina et mon cœur se crispe douloureusement. Mais ce n'est qu'un nuage. L'envie animale de vivre est la plus forte. Je respire à pleins poumons. J'ai faim. J'appelle.

— Madame Korotkine!

La porte s'ouvre. C'est Maxime. Comme il a l'air bon, simple et heureux! Il boitille en marchant vers le lit et je l'aime pour ses jambes inégales.

— Enfin! dit-il. Enfin!

Il s'assied à mon chevet. Ses joues sont mal rasées, ses vêtements chiffonnés. Je ris de le voir exactement semblable à ce qu'il était dans mon délire.

— Qu'est-ce que j'ai eu ? dis-je.

— Le typhus. Sans doute l'avez-vous attrapé de cette pauvre Galina. Pendant douze jours, nous avons craint le pire...

— Pourquoi suis-je ici et pas à l'hôpital ?

— Korotkine a tout essayé : on ne vous acceptait nulle part. Plus une place de libre. L'épidémie s'est encore étendue. Une véritable hécatombe !...

— Mais maintenant je suis guérie !

— Oui, Geneviève. C'est merveilleux ! Tout le monde, ici, s'est relayé à votre chevet : les Korotkine, les Bolenov, les Glebov... Ils vous ont soignée comme si vous étiez de la famille... Je ne partage pas leurs opinions politiques, mais je reconnais leur dévouement...

J'entends à peine ce qu'il dit. Une seule idée me domine, égoïste, féroce et gaie : je suis sauvée, je vais pouvoir vivre comme avant !

La porte s'ouvre à nouveau. Zoé Korotkine entre avec le médecin. Je leur tends les deux mains :

— Merci, dis-je. Merci pour tout !

Et, me rappelant les enfants, j'ajoute :

— Comment vont Julie et Sacha ? Ils n'ont pas été malades, au moins ?

— Non, non, dit Zoé Korotkine.

Elle détourne la tête et fond en larmes. Elle est vêtue de noir. J'ai honte de ma joie.

Maxime sort de la chambre pendant que le médecin m'examine. Le contact des doigts du docteur sur ma peau me fait frissonner comme quand j'étais petite fille.

— Parfait, parfait, marmonne-t-il.

Lorsqu'il a fini, je balbutie :

— Pourrais-je avoir un peu de pain avec du lard ?... J'en ai... j'en ai très envie...

— Nous n'avons pas de lard, dit Zoé Korotkine. Je vais vous apporter du lait. Mais ne vous agitez pas. Vous êtes encore très faible.

A peine m'a-t-elle quittée pour raccompagner le médecin que Maxime reparaît dans la chambre.

— Alors ? demande-t-il.

— Tout va bien, dis-je.

Nous restons un long moment silencieux, le souffle suspendu, les regards mêlés. Soudain, dans un élan irraisonné, je m'écrie :

— Quand je serai tout à fait rétablie, j'irai habiter chez vous !

De jour en jour, mes forces reviennent. Je me lève déjà pour passer à table et je mange de bon appétit. Les Korotkine exigent que je prenne mes repas avec eux. Les Glebov et les Bolenov déjeunent et dînent de leur côté. Zoé me confectionne des petits plats savoureux avec les provisions que son mari lui apporte. Depuis la mort de Galina et ma maladie, ils redoublent d'amabilité à mon égard. Leur gentillesse est telle que je ne puis me résoudre à leur annoncer mon intention de les quitter. Pourtant l'atmosphère de la maison est pesante. Je souffre de l'absence de Galina. Julie et Sacha ne sauraient me faire oublier cette fillette douce et primesautière. En outre, il y a les conversations politiques qu'il m'est difficile d'éviter. La guerre civile déchire la Russie. Partout des armées de volontaires passent à l'offensive contre les bolcheviks. Les

Alliés promettent leur aide au général blanc Dénikine. Cette conjoncture indigne Korotkine. A table, il insulte la France et l'Angleterre qui osent soutenir les ennemis du peuple.

— Les gouvernements capitalistes veulent torpiller la révolution parce qu'ils ont peur que leurs pays ne suivent l'exemple de la Russie! me lance-t-il.

— Un exemple qui n'est pas tellement convaincant! dis-je. Tout va mal, ici, vous vous en rendez compte vous-même...

— Connaissez-vous un accouchement qui ne soit pas sale et douloureux? Notre nation va enfanter un ordre nouveau. Et, quand nous aurons réussi notre œuvre géniale, tous nos voisins nous envieront. La France la première voudra nous imiter...

— Croyez-vous?

Il contracte les sourcils. La colère fait saillir une veine sur son front :

— Vos compatriotes seront obligés de se rendre à l'évidence! Les masses ont toujours raison contre les individus! C'est ce que ces chiens de blancs ne veulent pas comprendre! Ils sont tous pourris par l'argent! Tant qu'on ne les aura pas exterminés jusqu'au dernier, la Russie ne pourra pas respirer à l'aise!

Sa femme le calme. Il redevient conciliant. Mais entre nous la gêne subsiste. Il sait que je n'approuve pas la dictature bolchevique et je sais que, s'il tolère ma présence dans la maison, c'est uniquement en souvenir de sa fille. Les fréquentes visites de Maxime l'agacent. Il devine en lui un esprit critique et ne peut le supporter. Ce sectarisme est d'ailleurs commun à tous les partisans du nouveau régime. La répression contre les opposants quels qu'ils soient s'est renforcée. Exaspérés par la résistance des armées de volontaires blancs, les bolcheviks multiplient les arrestations arbitraires. On raconte que la forteresse Saint-Pierre-et-Saint-Paul n'a jamais été aussi remplie. Selon des rumeurs persistantes, les prisonniers meurent de faim dans les cachots. On fusille à tour de bras pour faire de la place.

Je reçois Maxime dans ma chambre et nous parlons à voix basse comme des conspirateurs. Il m'adjure de me décider à le rejoindre dans ses deux pièces. J'hésite encore : Zoé Korotkine a tant d'affection pour moi ! Et puis j'ai repris mes leçons de français avec Julie et Sacha.

— Attendons encore un peu, dis-je.

Il incline la tête, déçu. Pour le distraire, je le questionne sur son journal.

— On va sûrement l'interdire bientôt, dit-il.

— Et alors, que ferez-vous ?

Maxime met un doigt sur ses lèvres et me sourit mystérieusement. Il a l'air d'un gamin préparant une farce. Le soir même, je prends

Zoé à part et lui déclare que je compte aller habiter ailleurs.

— Où ? me demande-t-elle.

— Chez Maxime Fedorovitch.

— J'en étais sûre !

Elle hoche la tête, réfléchit un instant et ajoute :

— Vous serez moins bien qu'ici ! Vous n'aurez pas les mêmes facilités de ravitaillement...

— Je sais.

— Et malgré ça... ?

— Oui.

— Vous allez l'épouser ?

Je sursaute. La rude simplicité de cette femme me confond. Elle ignore les détours d'une conversation honnête.

— Mais non, dis-je. Quelle idée !

— Alors, ce sera l'union libre.

— Même pas. Maxime Fedorovitch est pour moi un ami. Rien de plus.

Elle sourit. Il lui manque une dent sur le devant.

— Bon, bon, soupire-t-elle, ça ne me regarde pas. Tout de même, vous devriez réfléchir. Nous nous étions habitués à vous. Evidemment, mon mari est un peu brusque. Il n'admet pas qu'on le contredise... C'est ça qui vous fait partir ?

— Pas du tout, je vous assure...

— Vous vous êtes si bien occupée de ma

petite Galina!... Elle vous aimait beaucoup... Elle me disait...

Elle s'arrête au milieu de sa phrase, suffoquée par un afflux de larmes. Nous pleurons, assises l'une en face de l'autre, dans le vaste salon des Borissov. Enfin Zoé pose sa main sur la mienne. Ses yeux bleu de faïence rayonnent de bonté. Je retrouve dans son visage de paysanne usée par les travaux quelque chose de la lumineuse innocence de Galina.

— Quand vous serez là-bas, dit-elle, je vous demande de revenir nous voir, de temps en temps, pour donner des leçons à Sacha et à Julie.

— Volontiers.

— Nous vous dédommagerons, bien sûr... Vous aurez besoin de provisions et, grâce à Dieu, nous avons tout ce qu'il faut ici...

Je remercie. Zoé m'embrasse sur les deux joues et me souhaite bonne chance. Un poids tombe de ma poitrine. J'appréhendais cette explication. Elle s'est très bien déroulée. Me voici libre comme l'oiseau sur la branche. J'ai hâte de m'entendre avec Maxime sur la date de mon installation chez lui. J'attends sa visite pour le lendemain soir. Il ne vient pas. Trois jours se passent sans qu'il donne signe de vie. Inquiète, je décide d'aller aux nouvelles. Je n'ai pas honte de ma démarche. Il me semble qu'entre Maxime et moi il n'y a plus place pour le vain mensonge des conventions. Tout est clair. Nous nous aimons, nous sommes l'un à l'autre par l'élan des âmes.

C'est ma première sortie en ville depuis ma maladie. La tête me tourne dans le mouvement et le bruit de la rue. Je respire dans l'air une gaieté printanière. Certes, la perspective Nevski n'est plus ce qu'elle était du temps du tsar. Si les belles façades sont toujours là, les passants appartiennent à un autre monde. Plus de femmes élégantes faisant leurs courses dans les magasins de luxe, plus d'officiers aux uniformes prestigieux, plus de commissionnaires portant des paquets, plus d'équipages fringants. Une foule grise, amorphe, misérable s'écoule sur les trottoirs. De temps à autre, un fiacre passe au trot d'un cheval étique. Les immondices s'accumulent au bas des maisons. Des rangées de ménagères exténuées piétinent à la porte des boutiques. Le tramway qui me transporte traverse de part en part cet univers de détresse, de famine et de peur. Mais je refuse de m'en émouvoir. Forte d'un merveilleux espoir, je suis décidée à trouver de l'agrément à tous les aspects de la vie.

En descendant du tramway, je presse le pas. Mon cœur bat la breloque. J'aborde dans un grand mouvement l'escalier de la maison où habite Maxime. Mais je suis obligée de m'arrêter au deuxième étage, la respiration coupée. Je suis encore très faible. Ayant repris mon souffle, je poursuis l'ascension. Voici le long couloir tortueux et puant, les éclats de voix derrière les cloisons, la porte numéro 27. Je frappe. Un silence vide me répond. Il n'est pas là. Désappointée, je me demande si je ne devrais pas rester dans le passage en attendant son retour. Des locataires défilent dans le corridor, me reluquent, me frôlent et s'en vont. Au bout d'un quart d'heure, je redescends l'escalier. Sous le porche, j'avise le concierge, un colosse barbu avec un tablier de cuir sur le ventre. Il trie un tas d'ordures et met soigneusement de côté, sur un papier journal, les épluchures de pommes de terre. Je l'interpelle :

— Savez-vous si Maxime Fedorovitch Koudriavtsev va revenir bientôt ?

Il se redresse et grogne :

— Ça m'étonnerait !

— Pourquoi ?

— Deux hommes de la Tchéka sont venus le chercher, hier matin.

Le cœur me manque. Il me semble que je chancelle sous le choc. Mais non, je suis encore debout, l'esprit extraordinairement lucide. Le concierge tripote entre ses gros doigts un torchon graisseux qu'il a ramassé parmi les détritus. Va-t-il le garder ou le jeter ? Il hésite. Je demande :

— Où l'a-t-on emmené ?

— Comment voulez-vous que je sache ?

Il fourre le torchon dans sa poche. Je tourne

les talons et m'éloigne à grands pas. Une seule pensée : alerter Nestor Korotkine. Lui pourra peut-être intervenir à la Tchéka et faire libérer Maxime.

Quand j'arrive à la maison, Nestor Korotkine n'est pas encore de retour. Je passe d'une pièce à l'autre à la recherche de Zoé et la trouve dans l'office. Elle lave du linge sous le robinet de l'évier. Je lui raconte tout. Elle essuie ses mains savonneuses à son tablier, me regarde gravement et dit :

— S'ils l'ont arrêté, c'est qu'il a fait quelque chose de mal !

— Sûrement pas ! Je le connais ! Il s'agit d'une erreur !

— Alors on le relâchera. Les bolcheviks ne sont pas des monstres assoiffés de vengeance. Ils décident de tout équitablement. Plus équitablement que les juges du tsar.

Décidément, Nestor Korotkine a déteint sur elle. Sans être aussi enragée que lui, elle l'approuve dans le fond de son cœur. Et je n'ai pas le droit de la contredire. J'ai trop besoin d'elle pour la chicaner sur ses opinions politiques.

— Tout de même, je suis très inquiète, dis-je. Est-ce que votre mari ne pourrait pas... ?

— On va lui demander. Nestor connaît beaucoup de monde. Il ne refusera pas de vous aider. En souvenir de Galina...

La militante redevient femme. Je la remercie avec effusion et l'aide à étendre son linge. Les chemises, les bas, les caleçons des Bolenov et des Glebov pendent tout à côté, dans l'office, sur d'autres ficelles. C'est jour de lessive. Une buée moite stagne dans la pièce. Zoé relève une mèche de cheveux sur son front avec le revers de la main et dit :

— Vous l'aimez beaucoup ?

— Oui.

— Il reviendra !

Elle a l'air si convaincue que je reprends espoir. Je l'accompagne jusque dans sa chambre, qui est celle d'Olga Lvovna. Julie vient nous rejoindre. Je ne lui ai pas donné de leçon aujourd'hui. Elle m'apporte un livre illustré pour que je lui en commente les images. Sa mère la renvoie :

— Ce n'est pas le moment, Julie !

Nestor Korotkine arrive sur ces entrefaites. Il est rouge, le crâne luisant, le regard hardi. Sans doute a-t-il bu un peu trop avec des camarades. Pourvu qu'il soit de bonne humeur ! Il s'assied dans un fauteuil Louis XV à tapisserie d'Aubusson et retire ses bottes. Des bandelettes sales entourent ses pieds. Il remue ses orteils nus aux ongles noirs et soupire :

— Ah ! la la ! j'ai trop marché !

Je me dis que mon bonheur dépend de cet homme grossier et mon cœur se serre de honte. Jusqu'où ne m'abaisserais-je pas pour l'amadouer ? Je lui souris, je cherche le fond de ses yeux. Zoé prend les devants.

— Nestor, dit-elle, la camarade gouvernante a des ennuis. Il faut absolument que tu arranges ça !

Il relève la tête et son regard me frappe en pleine figure, un regard en vrille, soupçonneux et froid.

— J'écoute, dit-il. Allez-y.

Pour la deuxième fois, je raconte mon histoire. D'une phrase à l'autre, ma voix faiblit. J'ai tellement peur de la sentence finale ! Le visage de Nestor Korotkine reste impassible. On dirait qu'il ne m'entend pas. Quand j'ai terminé, il grogne :

— C'est bon, je vais m'occuper de votre Maxime.

Transportée, je m'approche de lui, prends ses deux mains et les serre entre les miennes. La gorge nouée d'émotion, je m'entends dire :

— Oh ! merci, camarade !

Et un léger dégoût me vient de ma servilité.

Une pluie violente cingle les vitres. Pas question pour les enfants de sortir. Assise dans leur chambre, je les regarde qui se disputent en jouant aux osselets. Mon esprit est si loin d'eux que je les entends à peine. Cet après-midi, Nestor Korotkine s'est rendu à la Tchéka pour se renseigner sur le sort réservé à Maxime. En partant, il était sûr de réussir. Mais trois heures se sont écoulées et il n'est toujours pas de retour. Est-ce bon signe ou dois-je m'en inquiéter? Crispée dans une attente douloureuse, j'épie les moindres rumeurs de la maison. A plusieurs reprises, je tressaille au bruit d'une porte qui se referme. Je me dresse d'un bond. J'écoute. Quelqu'un marche à l'étage au-dessus. Je me rassieds et presse mes deux mains contre ma poitrine pour contenir les battements de mon cœur. Une idée insensée me traverse. Et si Nestor

Korotkine ne revenait pas seul ? S'il ramenait Maxime, sain et sauf ! La joie m'inonde. Mais je me ressaisis aussitôt. Je ne dois pas me bercer d'illusions. « Ils » ne vont pas libérer un prisonnier sur-le-champ. Sans doute y aura-t-il des formalités, un délai de levée d'écrou... Patience ! Instinctivement je cherche des yeux l'icône qui naguère veillait dans un coin de la pièce. Bien que catholique, j'aimais me recueillir devant elle. Cette fois, je prie dans le vide. La ferveur me fait remuer les lèvres en silence. Soudain, des pas dans le couloir. Folle d'anxiété, je me porte en avant. Nestor Korotkine apparaît sur le seuil. Personne ne l'accompagne. Il a un visage de plomb. Je balbutie :

— Alors ?

— Venez, marmonne-t-il.

Et, me prenant par le bras, il me conduit dans ma chambre. La porte refermée, je l'interroge à nouveau :

— Alors, que vous ont-ils dit ?

— On a perquisitionné chez lui et on a découvert des tracts antirévolutionnaires qu'il imprimait avec ses amis du journal.

Cette nouvelle me stupéfie. Je me rappelle les airs énigmatiques de Maxime lorsque je le questionnais sur son activité, sur ses projets. Quelle imprudence ! Je demande :

— C'est grave ?

— Très grave : toute la bande a été arrêtée.

L'angoisse me coupe la respiration. Je me cramponne à un dernier espoir :

— Mais vous avez tout de même pu intervenir en faveur de Maxime Fedorovitch..., expliquer...

— Expliquer quoi ? grogne Nestor Korotkine. Il s'est rendu coupable d'un crime contre le peuple, contre la nation !

— Chacun est libre d'avoir son opinion...

— Et de l'exprimer dans des tracts subversifs ? Pas chez nous ! Notre cause ne souffre aucun écart. Nous allons droit au but en éliminant ceux qui nous gênent. Votre ami est un de ceux-là. D'ailleurs je sais que vous partagez ses idées. Vous avez choisi le mauvais camp.

Je reçois chaque mot comme une bourrade en plein ventre. Ce n'est plus le père de Galina qui parle, mais un bolchevik obtus, ivre de sa toute-puissance. Son crâne rasé, son nez aplati me font horreur. Comment ébranler ce mur ?

— Alors vous ne ferez rien pour libérer Maxime Fedorovitch ? dis-je.

— De toute façon, il est trop tard.

— Pourquoi ?

Il me regarde durement et répond du bout des lèvres :

— Il a été jugé hier par le Tribunal révolutionnaire et fusillé immédiatement avec ses complices.

Ma tête se vide. Mes jambes tremblent et

fléchissent. Prise dans un tourbillon, je sens que j'ai perdu d'un seul coup toute raison d'être. C'est un arrachement sanglant, une amputation qui me laissera à jamais infirme. J'imagine Maxime tombant sous les balles d'un peloton d'exécution. Lui si pur, si droit, si intelligent, si enthousiaste, finir abattu comme un chien enragé, cette seule vision me donne envie de hurler, de vomir. Et cet homme, devant moi, qui a l'air d'approuver l'assassinat d'un juste! Je me raidis, je profère d'une voix blanche :

— C'est ignoble!

— Il a risqué, il a payé, dit Nestor Korotkine.

— Où est le corps?

— Dans la fosse commune. Avec les autres ennemis du peuple.

— Je veux qu'on me le remette!

— C'est interdit.

Je renonce à lutter. Mon désespoir est plus fort que ma révolte. Sous mon regard voilé de larmes, le mufle de Nestor Korotkine oscille et se dilue. J'ai honte de me donner en spectacle à cette brute. Que peut-il comprendre à mon chagrin? Au bout d'un moment, je rassemble mon courage et me mets à réfléchir avec une lucidité et une rapidité qui m'étonnent. Tous les événements de ces derniers mois défilent en se bousculant dans ma tête. Qu'ai-je à faire encore dans ce pays de violence, d'absurdité et de crasse ? Comme Nestor Korotkine se dirige vers la porte, je m'écrie soudain :

— Attendez, camarade : j'ai une dernière faveur à vous demander.

— Qu'est-ce que c'est ?

— Je voudrais partir pour la France. Il me faut un sauf-conduit, un billet...

Il sourit, se gratte la nuque à pleins doigts et dit avec importance :

— Ça, je peux l'arranger !

Nestor Korotkine a tenu parole. Les démarches ont été longues, mais j'ai finalement obtenu tous les papiers nécessaires. Zoé m'accompagne à la gare. Nous nous disons adieu devant le portillon d'entrée. Elle a un visage bouleversé sous son fichu de paysanne. La voix enchifrenée par les larmes, elle me dit :

— La Russie vous a fait beaucoup de mal ! Vous allez nous en vouloir !

Je suis trop profondément blessée pour la détromper. La foule nous presse de toutes parts. Un remous violent m'emporte. Après la vérification du passeport, du sauf-conduit, du billet par des fonctionnaires sourcilleux, je débouche sur le quai grouillant de monde. C'est la ruée vers les wagons de marchandises. Je suis le mouvement, une valise au bout de chaque bras. Des barrières de bois canalisent le flot. Aux portières des voitures, se penchent des faces hostiles. Tout est complet. Enfin une main secourable se tend vers moi et me hisse à l'intérieur d'un wagon sombre, bondé et puant. Il y a là pêle-mêle des moujiks en caftan, des filles en cheveux, des bourgeois bien vêtus avec leurs épouses. Les bagages sont entassés dans un coin. De la paille recouvre le plancher. Je me laisse tomber sur un bat-flanc à côté d'une jeune femme qui se serre pour me faire de la place. Elle me dit qu'elle est infirmière et qu'elle retourne chez ses parents, dans le Nord. « Nous nous entraiderons pendant le voyage », susurre-t-elle. J'accepte la proposition, bien que je n'aie nulle envie de frayer avec ma voisine. Mon chagrin me rend farouche. Ou plutôt insensible à tout ce qui n'est pas mon passé. Je ne souffre même pas de l'inconfort. Il m'est indifférent de voyager dans un wagon à bestiaux ou en première classe. Quand le train s'ébranle, j'ai l'impression d'un déchirement dans ma poitrine à cause de tout ce que je laisse derrière moi.

Nous roulons très lentement, avec de fréquents arrêts en rase campagne. De temps à autre, des soldats nous font descendre pour vérifier nos papiers et inspecter nos bagages. Après ces formalités, nous remontons en voiture et le convoi repart en brimbalant. Le bruit des roues est assourdissant. Il m'empêche de réfléchir. Engourdie, je regarde des plaines nues, des champs labourés, des sapins noirs qui défilent dans l'encadrement des portières coulissantes. A chaque petite gare, le train se vide de ses occupants. On se dépêche de satisfaire ses besoins naturels derrière quelque buisson écarté et on va acheter de la nourriture aux paysannes des villages voisins qui attendent là, sur le quai, avec leurs étalages de victuailles. Les gardes rouges du service d'ordre ferment les yeux sur ce négoce clandestin. Je regagne mon bat-flanc avec un concombre, une boulette de viande hachée, une tranche de pain noir. En vérité, je ne sais même pas ce que j'avale. Le froid me transit. Dès la tombée de la nuit, je m'enroule dans une couverture et, couchée sur les planches, sombre dans un lourd sommeil martelé par le vacarme du fer battu.

Le voyage dure huit jours jusqu'à Kola, au-delà du cercle polaire. Là, j'embarque, après une sévère visite médicale, sur un vieux rafiot portugais, le *Porto*, affrété par les Anglais. Les officiers sont britanniques, les marins chinois. Nous sommes huit femmes encaquées dans une cabine aux couchettes superposées. Au centre, un baquet pour parer à toute nécessité. Quand le navire lève l'ancre, je monte sur le pont pour voir disparaître les côtes de Russie. Tant que nous voguons dans la baie de Kola, la mer est calme, mais, dès que nous abordons le grand large, les vagues se déchaînent. Notre bateau tangue, halète et craque. A l'heure du dîner, mes compagnes de voyage me chargent d'aller chercher notre nourriture aux cuisines. Nous sommes convenues d'accomplir cette corvée à tour de rôle. C'est un chef chinois qui me reçoit dans son antre plein de vapeur et de tintements de casseroles. Je reviens à la cabine avec une marmite débordante d'une soupe grasse où nagent des fragments de macaronis. Mais le *Porto* est tellement secoué que nous ne pouvons nous résoudre à ingurgiter ce brouet infect. Très vite, mes compagnes, malades, se précipitent l'une après l'autre vers le baquet pour vomir. Je remonte sur le pont afin de prendre l'air. Le lendemain, la mer s'apaise. Nous apprenons à vivre en commun. Même la cuisine du bord nous paraît supportable. La plupart des femmes ont très peur que le bateau ne soit bombardé ou ne saute sur une mine. Parfois, sur la passerelle supérieure, quelqu'un allume une cigarette. Aussitôt, ce sont des cris : « Eteignez votre cigarette ! On va se faire repérer ! » Cette crainte m'incite à sourire. Qu'ai-je à faire de ma vie à présent ? Je ne sais même pas pourquoi j'ai tellement hâte de retourner en France.

Après une semaine de traversée, nous débarquons à Newcastle. De là, je me rends à Londres. Il pleut. Je ne vois rien de la ville. Encore des formalités, une visite au consulat et je reprends le bateau, cette fois à destination du Havre.

Quand j'arrive enfin à Paris, ma mère m'attend sur le quai de la gare. Je l'avais prévenue de Londres par lettre. Après une séparation de cinq ans, je la reconnais à peine. Elle a maigri, blanchi, elle s'est fanée dans la tristesse et la solitude. Je l'embrasse avec emportement. J'avais oublié à quel point elle m'était chère. Comment ai-je pu vivre loin d'elle si longtemps ? Je me replonge dans sa chaleur avec gratitude. Pourtant je ne suis pas heureuse. Le serai-je de nouveau, un jour ? A la maison, je retrouve ma chambre comme je l'avais laissée. Mais qu'ai-je de commun avec la jeune fille qui l'habitait jadis ? Je suis chez une étrangère. Sur la commode, un bouquet d'anémones que ma mère a disposé là pour fêter mon retour. En Russie, depuis la révolution, j'ai perdu l'habitude des fleurs. Nous passons à table pour un déjeuner dont l'abondance m'étonne et me gêne. Ma mère a mis les petits plats dans les grands. « Tu sais, ce n'est pas tous les jours ainsi ! me dit-elle. Le rationnement est sévère. » Elle m'interroge sur ma vie à Petrograd. Je lui raconte par bribes mon expérience russe. Mais je ne dis pas un mot de Maxime. Il doit rester au secret dans mon cœur. Je n'ai même pas une photographie de lui. Je ne peux me fier qu'à ma mémoire pour le revoir avec son air humble et doux. J'ai apporté dans mes bagages le petit volume de Pouchkine qu'il m'avait offert autrefois. Je le touche, je le feuillette et mon émotion devient intolérable, ma gorge se crispe, je retiens mes larmes. Ce livre ne quittera plus ma table de chevet.

Dès le lendemain, je réapprends à connaître la France. Je sors dans les rues, je hume l'air de Paris, je m'emplis les oreilles de la douce rumeur des voix françaises. Tout me semble petit, mesquin, raisonnable et propre en comparaison de l'immense pays, plein de fureur, que je viens de quitter. Pourtant la guerre est aux portes de la ville. Certains monuments sont protégés par des sacs de sable. Aux carrefours, veillent des automitrailleuses, des autocanons. Sur les trottoirs, les Parisiennes en robes claires croisent de nombreux uniformes français et alliés. Les réverbères sont encapuchonnés à cause des consignes de la défense passive. La « Grosse Bertha » tire et tue à l'aveuglette. A la moindre alerte aérienne, les sirènes hurlent, les gens se précipitent dans les caves. Le général Mangin a arrêté les Allemands à soixante-dix kilomètres de la capitale. Une bataille acharnée se déroule en Champagne. Les Français et les Américains bousculent l'ennemi et reprennent vingt-deux villages. Peu après, c'est vers le nord que les Alliés portent leurs coups victorieux. Je dévore les communiqués, comme tout le monde, je feins de me réjouir de nos succès. Mais, en vérité, je suis inerte. J'ai perdu mon âme. Seule l'annonce de l'assassinat du tsar et

175

de sa famille par les bolcheviks, à Iekaterin-
bourg, m'émeut un instant. Révoltée par tant
de barbarie, je me dis que, parmi le peuple,
même ceux qui étaient hostiles à l'empereur
doivent être atterrés par cet acte imbécile,
cruel et sacrilège. En tout cas, dans le monde
civilisé, la réprobation est unanime. Mais les
Soviets se moquent du monde civilisé. Ils
poursuivent leur œuvre inique en pataugeant
dans le sang et la boue.

Après m'être indignée à la lecture des journaux, je retombe dans mon apathie. Je revois
quelques amies d'autrefois, mais ce n'est pas
moi qui leur parle. Elles ne peuvent me rejoindre dans mon rêve éveillé. Même ma mère, que
j'aime tant et que j'entoure de soins, reste pour
moi une ombre. Lorsqu'une épidémie de
grippe espagnole s'abat sur Paris, je tremble
pour sa santé. Par chance, bien que fragile, elle
n'est pas atteinte par le mal. Comme je n'ai
jamais su demeurer longtemps inactive, j'accepte un emploi de secrétaire chez un architecte parisien, M. Raoul Cartier. Occupée du
matin au soir, j'ai moins l'occasion de réfléchir
à ma peine. Peu à peu, je reprends pied dans la
réalité quotidienne. L'espoir change de camp.
Des Flandres aux Ardennes, les Allemands
reculent en désordre. Bientôt, des troubles éclatent en Allemagne. L'empereur Guillaume II
abdique. Et c'est l'explosion de joie de l'armistice. Congratulations, feux d'artifice, fanfares,

embrassades. Au milieu de l'enthousiasme délirant de mes compatriotes, je garde une sérénité mélancolique. Je suis heureuse que la tuerie ait prit fin et cependant l'essentiel me manque. J'accroche des drapeaux tricolores à nos fenêtres et j'ai toujours l'impression que je n'ai rien à faire ici, que quelqu'un m'attend en Russie.

Une année se passe, la paix est signée à Versailles, les troupes glorieuses défilent sous l'Arc de Triomphe. Des amies m'entraînent pour applaudir les soldats de la victoire conduits par Joffre et par Foch. Perdue dans la foule, je ne vois pas grand-chose. La France exsangue, meurtrie, panse ses plaies, compte ses morts, relève ses ruines. En même temps, une frénésie de plaisirs agite les survivants. Des musiques modernes, venues des Etats-Unis, invitent les gens à se trémousser, à oublier. Je ne participe en rien à cette agitation. Mon destin se situe ailleurs.

Je pense souvent aux Borissov. Que sont-ils devenus dans la tourmente ? Sont-ils même encore vivants ? Selon les journaux, après avoir menacé Petrograd, Moscou et d'autres centres vitaux du pays, les troupes blanches battent en retraite sur tous les fronts. La terreur bolchevique ravage les provinces nouvellement reprises. Parmi les bourgeois, les intellectuels libéraux, les anciens militaires, c'est la panique. Ils fuient leur patrie par tous les moyens pour échapper au massacre. Dès la fin de 1919, on signale l'arrivée à Paris de nombreux émigrés russes. Je me rends à l'église orthodoxe de la rue Daru qui est leur centre de ralliement. Et subitement me voici plongée dans la Russie d'autrefois, toute bourdonnante de voix à l'accent rocailleux et chantant. Ici, il n'y a que des vaincus aux mines sages, des laissés pour compte de la révolution. Forçant ma timidité, j'interroge quelques femmes, au hasard, pour savoir si elles ont entendu parler de la famille Borissov, réfugiée en Crimée. Personne ne peut me renseigner. La Crimée est aux mains des rouges. Il y a là-bas des exécutions en masse. Je suis inquiète. Je le dis à ma mère qui murmure : « Oh ! oui, je te comprends ! » Mais je sens que c'est là une formule de politesse. Son apitoiement m'agace. Comment peut-elle être à la fois si proche de moi et si peu réceptive ?

Je retourne chaque dimanche à l'église de la rue Daru. Un appel insidieux m'attire vers cet îlot où abordent tous les naufragés de la Sainte Russie. J'aime entendre leurs chants liturgiques où s'exprime une foi noble et primitive. Sur les visages qui m'entourent, je lis la résignation, la dignité et la naïveté d'une nation mystérieuse entre toutes. Au milieu des flammes palpitantes des cierges, il me semble toujours que je vais découvrir le profil d'Olga

178

Lvovna. Et soudain, c'est le miracle! Un matin de février 1920, à l'issue de la messe dominicale, comme je sors dans le jardin de l'église portée par la foule des fidèles, je tombe sur Alexandre Sergueïevitch qui discute avec un inconnu. En m'apercevant, il pousse une exclamation de joie. Il n'a pas changé. Le même sourire sous la moustache blonde, les mêmes yeux enjôleurs.

— Ma femme est restée à la maison avec les enfants, dit-il. Venez, je vous emmène!

Ils habitent un petit appartement de deux pièces, rue des Belles-Feuilles, dans le seizième arrondissement. Dans l'entrée, des malles, des valises. Comme s'ils étaient sur le point de repartir.

Mes retrouvailles avec Olga Lvovna sont baignées de larmes. Elle est encore plus pâle, plus alanguie, plus nerveuse qu'à Petrograd. Georges et Anatole ont grandi. En les revoyant, c'est mon passé heureux de Russie qui me saute au cœur. Cependant il me semble que les deux garçons sont comme engourdis par ma présence. Ma brusque arrivée les déroute, les dérange même peut-être. Ils ont appris à vivre sans moi. Ils n'ont plus besoin d'une gouvernante. Ils se laissent embrasser avec une indifférence qui me blesse. Je me retourne vers leurs parents qui, eux, n'ont pas oublié. Nous parlons tous trois, entre grandes personnes, avec volubilité. Questions et réponses se chevauchent. Alexandre Sergueïevitch et Olga Lvovna me racontent les péripéties de leur exode qui les a conduits de Yalta à Kislovodsk, au Caucase, et de Kislovodsk à Novorossiisk où ils se sont embarqués pour Constantinople. De mon côté, je leur dis quelques mots des derniers mois de ma vie à Petrograd. Ils m'interrogent sur Maxime. Cette fois, je ne puis me taire. En annonçant la terrible nouvelle, ma voix se brise. Il y a un long silence. Olga Lvovna se signe lentement et murmure :

— Que Dieu ait son âme ! Il était la droiture et la candeur mêmes !

— Lui qui espérait une révolution pacifique, ardente et juste ! dit Alexandre Sergueïevitch. Comme il a dû souffrir en constatant qu'il s'était trompé !

Olga Lvovna me prend les mains. Depuis longtemps, elle a tout compris. Auprès d'elle, je n'ai plus à feindre.

— C'est parce qu'il est mort que vous êtes partie ? demande-t-elle.

— Oui, dis-je.

— Vous avez bien fait : la Russie est devenue un enfer. Seuls les bolcheviks doivent s'y sentir à l'aise !

— Ils ne vont pas tarder à déchanter ! s'écrie Alexandre Sergueïevitch. D'ici quelques mois, les blancs recevront des Alliés une aide décisive. Ils reprendront l'offensive. Le régime des

Soviets s'effondrera. Nous retournerons chez nous !...

— Mon mari est un rêveur ! soupire Olga Lvovna. Savez-vous qui habite notre appartement, à Petrograd ?

— Trois familles de bolcheviks.

— Ils ont dû tout saccager !

— Les meubles sont, en effet, dans un triste état.

— Et ma cave ? demande Alexandre Sergueïevitch en riant. Qu'en reste-t-il ?

— Rien !

— Les canailles !

— Ils sont brutaux, grossiers, mais ils m'ont aidée dans mon malheur, dis-je.

Alexandre Sergueïevitch ouvre les bras pour présenter les murs de la pièce où nous nous trouvons :

— Eh bien, vous voyez, ici, nous sommes logés un peu plus à l'étroit que dans notre appartement de la rue Malaïa Italianskaïa. Mais on se fait à tout. Les enfants dorment à côté. Et nous dans cette chambre, qui est aussi notre salon, notre salle à manger, mon bureau...

Je laisse courir mes yeux sur ce décor modeste. Une table en bois blanc, des chaises de rotin, un divan drapé d'un plaid vert à carreaux et, aux murs, deux gravures russes, des photos de famille, une lithographie représentant l'empereur Nicolas II en uniforme de colonel. Manifestement, les Borissov essaient de recréer la Russie dans leur logis parisien avec d'humbles images, des souvenirs dérisoires, comme j'essayais de recréer la France dans ma chambrette, à Petrograd. C'est un jeu malsain et nécessaire. Le trompe-la-faim de l'exil. Je demande à Alexandre Sergueïevitch s'il s'habitue à la vie française.

— Parfaitement, dit-il. J'ai trouvé du travail comme gardien de nuit dans un entrepôt de meubles et ma femme donne des leçons de russe. Nous voyons beaucoup d'émigrés aussi désargentés que nous. Tous se nourrissent d'espoir et de souvenirs...

Je considère avec une admiration navrée ce couple qui a tout perdu, racines, maison, fortune, patrie, et qui tente de trouver des raisons de vivre sur une terre étrangère.

— Et vous, demande-t-il, que faites-vous ?

— Je suis secrétaire chez un architecte, M. Raoul Cartier.

— Ça vous plaît ?

— Non.

— Pourquoi ?

— M. Raoul Cartier est un homme aimable, mais distant et froid. Le travail, chez lui, est ardu, sec, inhumain. Surtout, le contact avec les enfants me manque. Au fond, je ne puis me passer de leur compagnie.

— Nous vous reprendrions bien comme gouvernante ! dit-il en riant. Mais nous n'avons plus les moyens. Et puis Georges et Anatole sont grands maintenant !

— Ils vont en classe ?

— Oui, au lycée Janson-de-Sailly. C'est à côté. Ils ont de bonnes notes. Grâce à vos leçons, ils ne sont pas trop dépaysés parmi leurs petits camarades français.

A ces mots, Anatole et Georges sortent de leur réserve et veulent absolument me montrer leurs cahiers. Assise entre eux deux, je tourne les pages, j'apprécie, je complimente. Ils se pressent contre moi. Comme lorsque j'étais de la famille. Tout recommence. A un moment, j'ai l'impression que la porte va s'ouvrir et que je verrai entrer Maxime. Soudain, Olga Lvovna s'agite.

— Il est déjà deux heures et demie ! Vous n'avez pas déjeuné, j'imagine ?

— Non, dis-je.

— Alors, vous allez partager notre ordinaire. Nous n'avons pas d'heures pour nos repas. C'est la bohème...

Elle sourit tristement. J'accepte. Les enfants mettent la table. Alexandre Sergueïevitch les aide. Je pense au maître d'hôtel Igor, si solennel, présentant les plats, à la femme de chambre Aniouta, obséquieuse et perfide. Comme ils riraient de voir leurs patrons réduits à se passer de domestiques !

— Au fait, dis-je, qu'est devenue la nounou Pulchérie ?

— Elle a préféré rester à Novorossiisk, répond Olga Lvovna. Elle y avait de la famille. Nous avons beaucoup pleuré en nous séparant.

Elle me quitte pour s'occuper de la cuisine. En Russie, elle n'a jamais touché une casserole. Ici, elle s'affaire avec une maladresse comique devant le fourneau à gaz. Dans son affolement, elle salit deux fois plus de vaisselle qu'il n'en faut. J'essaie de la seconder. Mais elle m'arrête :

— Non, non, laissez-moi faire !

On passe à table. Au menu, les inévitables boulettes de viande hachée. Elles sont trop cuites et trop salées pour mon goût. Mais Alexandre Sergueïevitch et les enfants s'en régalent.

— Tu es une magicienne ! dit-il en baisant la main de sa femme. Comment as-tu fait pour apprendre aussi vite ?

Et il verse de la vodka dans nos verres. A la deuxième rasade, la tête me tourne. Je me sens à la fois gaie, légère et nostalgique. J'aurais envie d'entendre de la musique russe. Je le dis à Alexandre Sergueïevitch et il met un disque sur le gramophone. Une lente rengaine paysanne que je ne connais pas, chantée par un chœur de voix mâles. Olga Lvovna murmure :

— Voilà tout ce qui nous reste de notre pays !

Après le repas, on fait la vaisselle en famille.

Alexandre Sergueïevitch essuie les assiettes. Il s'acquitte de cette tâche avec bonhomie, les manches retroussées, un œil cligné à cause de la fumée de son cigare. Les enfants tournent autour de nous et bavardent, tantôt en français, tantôt en russe. Tout le monde a l'air d'accepter la pauvreté comme un jeu. Devant tant de simplicité dans l'infortune, j'ai quelque scrupule à me plaindre. Il me semble qu'une silencieuse leçon de courage me vient de ces étrangers démunis, désorientés et pourtant ouverts à la vie. Ne dois-je pas, comme eux, faire front ? Accepter l'avenir sans rien oublier du passé ? A travers eux, c'est Maxime qui me conseille de retrouver la saveur des jours. A cinq heures, des amis russes leur rendent visite pour prendre le thé.

On ne les attendait pas. Ils arrivent, les bras chargés de petits paquets de pâtisserie. C'est la fête ! Olga Lvovna insiste pour que je reste. Mais je prétexte un rendez-vous pour m'esquiver. Ma décision est prise : je ne chercherai pas à revoir les Borissov. Ils me rappellent trop la Russie. Je dois me guérir de ce pays. Sinon je finirai par être une émigrée dans ma propre patrie. Désormais, je veux aimer Paris, la cuisine française, les chansons à la mode, me passionner pour les aventures sentimentales de mes amies, trouver de l'intérêt à mon travail de secrétaire, écouter ma mère qui se plaint de ses rhumatismes et, repliée sur ma chère solitude, me réconcilier avec le sort qui m'a privée de Maxime sans rien me donner en échange.

Des mois ont passé. Je suis retournée, un dimanche, à l'église de la rue Daru mais sans y rencontrer Alexandre Sergueïevitch ni Olga Lvovna. En revanche, j'ai retrouvé là leurs anciens amis, les Skvartsov. Ils m'ont appris que les Borissov venaient de partir pour les Etats-Unis où ils comptaient s'installer définitivement. J'en ai éprouvé de la peine, bien qu'il n'eût jamais été dans mon intention de les revoir. Egoïstement, il m'était agréable de les savoir tout près de moi, avec leurs enfants. Les Skvartsov, eux, ne songent pas à abandonner Paris. M. Skvartsov a même monté ici une affaire de bonneterie en gros avec des capitaux qu'il a pu transférer à temps de Russie. Il est fier de sa réussite. Lui et sa femme m'ont parlé très aimablement en déambulant dans le petit jardin de l'église. Elle est grande, sèche, laide, mais avec de beaux yeux de velours noir. Lui est un gros monsieur compassé et taciturne. Ils ont trois enfants dont les âges s'échelonnent entre deux et sept ans. Après avoir longtemps tourné autour du pot, ils m'ont proposé une place de gouvernante chez eux. J'ai accepté d'emblée. Je ne suis pas faite pour autre chose. Demain, je donnerai ma démission à M. Raoul Cartier. Je ne me sentais vraiment pas à l'aise dans ses bureaux, parmi un personnel de techniciens qui me battaient froid. Aussitôt après, je prendrai mon service chez les Skvartsov. Sans doute est-il dans la ligne de mon destin de ne jamais quitter tout à fait la Russie.

Littérature

Cette collection est d'abord marquée par sa diversité : classiques, grands romans contemporains ou même des livres d'auteurs réputés plus difficiles, comme Borges, Soupault. En fait, c'est tout le roman qui est proposé ici, Henri Troyat, Bernard Clavel, Guy des Cars, Frison-Roche, Djian mais aussi des écrivains étrangers tels que Colleen McCullough ou Konsalik.

Les classiques tels que Stendhal, Maupassant, Flaubert, Zola, Balzac, etc. sont publiés en texte intégral au prix le plus bas de toute l'édition. Chaque volume est complété par un cahier photos illustrant la biographie de l'auteur.

2964

Impression Brodard et Taupin
à La Flèche (Sarthe) le 27 mars 1992
1758F-5 Dépôt légal mars 1992
ISBN 2-277-22964-4
1er dépôt légal dans la collection : fév. 1991
Imprimé en France
Editions J'ai lu
27, rue Cassette, 75006 Paris
diffusion France et étranger : Flammarion